Wieder vereinigt

Neue deutsche Liebesgeschichten

Wieder vereinigt

Neue deutsche Liebesgeschichten

Herausgegeben von Margit Knapp

Verlag Klaus Wagenbach Berlin

Wagenbachs Taschenbuch 515
Originalausgabe
1. Auflage im April 2005

Umschlaggestaltung: Julie August. Reihenkonzept: Rainer Groothuis. Die Karnickel auf Seite 1 zeichnete Hort Rudolph. Gesetzt aus der Trinité von Claudia von Funcke. Gedruckt und gebunden bei Pustet, Regensburg.

ISBN 3 8031 2515 4

Inhalt

Wieder vereinigt

Vorwort

Das Jahr 1989 hat die Welt verändert. Der Kalte Krieg war abrupt beendet und die Vision des kommunistischen Staates als Gesellschaftsmodell zerbröckelte. Andererseits schien der Fall der Berliner Mauer Unmögliches möglich werden zu lassen. Doch nichts wird so schnell leichter. Schon gar nicht die Liebe durch den Fall einer Mauer.

Deutschland ist wieder vereinigt, aber ist Ost und West auch wieder vereint? Wie unterschiedlich sind die Gefühle, Mentalitäten und Gewohnheiten der Menschen aus den früheren zwei deutschen Staaten? Wie groß war die Neugierde auf die Nachbarn aus dem anderen Deutschland, wie groß die Bereitschaft, sich mit fremden Lebenswelten des früheren anderen Staates auseinander zu setzen? Wie steht es mit den einzelnen Paaren?

In dem vorliegenden Buch gibt es Ost-Paare, West-Paare, gemischte Paare und Liebende, bei denen Ost und West keine Rolle spielt.

Vielleicht sind die Missverständnisse in den Beziehungen weniger geworden? Oder gar mehr? Ist es einfacher sich zu verlieben? Schwerer? Oder hat sich nur die politische Weltkarte verändert und in der Liebe blieb einfach alles beim Alten?

Diesen Fragen gehen die Texte nach, die der vorliegende Band versammelt; sie sind alle nach 1989 entstanden. Zu den Originalbeiträgen zählen die Geschichten von Katharina Hacker, Jakob Hein, Wolfgang Hermann, Cecily von Hundt, Renate Krämer, Yorck Kronenberg, Thomas Lang, Carsten Probst. Sie werden hier zum ersten Mal publiziert: Geschichten über unerwartete Begegnungen bei Tantenbesuchen mit gespenstischem Ende, über zarte Verführer und scharfsichtige Verführte, hohe Anforderungen, herbe Ernüchterungen, über die erste Liebe in einem schönen Sommer, über das langsame Zusammenfinden und das schnelle Auseinandergehen, oder auch über das schnelle Zusammenfinden und das langsame Auseinandergehen. In Ausnahmefällen sogar über das Zusammenbleiben.

In erstaunlich vielen Texten geht es um Trennung. Ein Paar ist eben kein Staat. Man kann zueinander finden und wieder voneinander gehen und von den bleibenden Erinnerungen und Träumen der Liebe, wie auch immer sie ausgeht, erzählen diese Geschichten.

Margit Knapp

Doris Dörrie *Oben rechts die Sonne*

Drei Dinge habe ich bisher in meinem Leben gestohlen: mit acht Jahren ein Paar rosa Barbie-Stöckelschuhe, mit achtzehn ein seltsames Kunstobjekt von meiner besten Freundin, mit dreiundzwanzig einen verheirateten Mann.

Roter Lippenstift war ordinär, rosafarbener und oranger nicht, hohe Schuhe zu Hosen waren ordinär, Frauen, die auf der Straße rauchten, schwarze Unterwäsche trugen, mit Männern mitgingen, große Brüste unter engen Pullovern hatten.

Meine Mutter war flach und dünn wie ein Surfbrett und hielt ihre Figur für »sportlich«. Ich betete zu Gott, er möge mich nicht so enden lassen wie sie, und er erhörte mich. Er gab mir mit dreizehn innerhalb von nur wenigen Monaten zwei große, feste Kugeln, hinter denen ich von da an herging, so kam es mir vor. Bald gewöhnte ich mich daran, daß die Blicke der Männer nur noch flüchtig über mein Gesicht wanderten, um sich dann auf meinen Busen zu senken, dort zu verharren und leicht glasig zu werden. Manche fingen dabei sogar an, versonnen vor sich hinzulächeln, und hörten nicht mehr, was ich sagte.

Ich fand dieses Verhalten nicht etwa respektlos oder unangenehm – im Gegenteil, es befreite mich davon, den Männern in die Augen sehen zu müssen, denn dazu war ich zu schüchtern.

Mein Busen war das Mutigste an mir, ich betonte ihn mit knallengen Pullovern und freute mich über die mißbilligenden Blicke meiner Mutter am Frühstückstisch, die mir auf diese Weise jeden Morgen wieder bestätigten, daß er nicht nur das Mutigste, sondern auch das Beste an mir war.

Der verheiratete Mann verehrte und vergötterte meinen Busen allerdings auf eine Art und Weise, die ich schon fast lächerlich fand. Er bat mich in den seltsamsten Situationen, meine Bluse aufzuknöpfen – zu der Zeit trug ich aus »politischen Gründen« nie einen BH –, um dann meinen Busen in einer Mischung aus Bewunderung und Ungläubigkeit anzustarren, als habe er so etwas noch nie zuvor gesehen.

Vielleicht hatte es damit zu tun, daß seine Frau fünfundvierzig war, ein Alter, das mir fast biblisch vorkam, jenseits von Gut und Böse. Wenn ich den verheirateten Mann betrachtete, wie er meinen Busen anstarrte, konnte ich mir nicht vorstellen, daß er tatsächlich mit einer so uralten Frau zusammenlebte, denn er war erst Anfang Dreißig und wirkte meist wie Ende Zwanzig, außer früh am Morgen, da konnte ich Linien auf seiner Stirn sehen, die im Lauf des Tages verschwanden; oft lag ich neben ihm, wenn er noch schlief, und studierte diese zarten Anzeichen von Verfall, diese drei kleinen Falten, die ihn so sterblich machten, so unendlich begehrenswert. Um so viel begehrenswerter als die Männer in meinem Alter, die unsterblich und unverletzlich waren wie ich selbst.

Er hatte zwei kleine Kinder, einen Jungen von vier und ein Mädchen, das sechs Jahre alt war. Manchmal brachte er sie mit, wenn wir uns an den Nachmittagen trafen. Sie glotzten mich an wie kleine Fische und sagten keinen Ton.

Seine Frau, so erzählte er mir, habe Kinder gewollt. Sie ruinieren dein Liebesleben, das sagte er auch.

Einmal nahm er mich mit zu sich nach Hause, die Frau und die Kinder waren verreist, er wohnte in einem schäbigen Einfamilienhaus, was mich erstaunte, denn er selbst war Immobilienmakler.

Überall lag Kinderspielzeug herum, die Möbel waren alt und zerschlissen, die Wände bekritzelt, der Teppichboden voller Flecken, die Küche zugestellt mit nicht abgewaschenem

Geschirr, Lebensmitteln und Krimskrams. Am Kühlschrank hingen mehrere Kinderzeichnungen, alle gleich, oben rechts die Sonne, unten das Gras.

Das Schlafzimmer zeigte er mir nicht.

Der Ehemann setzte sich im Wohnzimmer auf die kaputte Couch und hob die Hände. Verstehst du? fragte er mich. Verstehst du?

Drei Wochen nachdem wir uns kennengelernt hatten, zog er zu Hause aus.

Nicht deinetwegen, sagte er, ganz bestimmt nicht deinetwegen.

Er zog zu einem Freund, einem italienischen Antiquitätenhändler. Dort besuchte ich ihn am zweiten Abend und blieb. Alles, was ich brauchte, hatte ich vorsichtshalber in einer Plastiktüte mitgebracht: Unterwäsche, zwei T-Shirts, mein zweites Paar Jeans, etwas Make-up, meine Kontaktlinsen und das kleine Kunstobjekt, das ich meiner besten Freundin gestohlen hatte.

Es war ein Flügel aus hellblauer Seide, den sie selbst gemacht hatte. Er hatte in ihrem Zimmer genau über ihrem Bett gehangen. Niemand sonst, den ich kannte, bastelte freiwillig Dinge, um sie sich dann übers Bett zu hängen. Niemand war ihr ähnlich. Sie trug die seltsamsten Kleider, aber niemals sah sie seltsam oder verkleidet aus, sondern immer elegant, oder zumindest interessant. Sie hatte Stil. Darüber hinaus war sie selbstbewußt, kontaktfreudig, gleichzeitig jedoch eine Einzelgängerin, die nie zu einer Clique gehörte, nie das tat, was alle taten. Stundenlang durchstreifte sie nach der Schule das Stadtviertel und suchte nach verwendbarem Material für ihre Skulpturen. Aus alten Plastikkanistern machte sie riesige Ketten für unsichtbare gigantische Göttinnen, aus einem großen Ast, den sie über mehrere Kilometer mit nach Hause schleifte, schnitzte sie einen gewaltigen Frauenschenkel, auf einem Parkplatz fand sie einen getigerten Fellüberzug für eine Nackenstütze, den sie den ganzen Winter über wie eine russische Pelzmütze auf dem Kopf trug.

Sie war alles, was ich gern sein wollte.

Den kleinen blauen Flügel klaute ich, als sie gerade in der Küche war, um mir ein Honigbrot zu schmieren. Ich stopfte ihn in meine Unterhose und preßte den ganzen Nachmittag über meine Arme auf den Bauch, aus Angst, sie könne ihn entdecken. Aber sie sagte kein Wort. Ich fand nie heraus, ob sie den Flügel überhaupt je vermißte und ob sie wußte, daß ich ihn gestohlen hatte.

Bald darauf machten wir Abitur, wir zogen in andere Städte, um zu studieren, versprachen uns zu schreiben, in Kontakt zu bleiben.

Ich schrieb ihr nie, sie schickte mir einmal eine Postkarte mit ihrer Telefonnummer, ruf doch mal an, stand drauf, sonst nichts.

Überall wo ich wohnte, hängte ich den Flügel über mein Bett, und jedesmal wieder schwor ich mir, sie endlich anzurufen, zu hören, wie berühmt sie geworden war, denn daß sie inzwischen eine große Künstlerin sein mußte, dessen war ich mir absolut sicher.

In der ersten Nacht, die ich mit dem verheirateten Mann in seinem neuen Zimmer verbrachte, stieg ich, nachdem er mit mir geschlafen hatte, auf einen Stuhl und hängte den Flügel auf. Er lag unter mir, die Hände hinter dem Kopf verschränkt, sein Körper nackt und golden im schwachen Licht der Kerze, nie hatte ich einen schöneren Mann gesehen. Er fragte mich, ob ich den Flügel gemacht hätte, ich nickte nur, sagte nichts, und ich sah an seinem Blick, daß er mich für kreativ, wild und wundervoll hielt, und je weniger ich sprach, um so wunderbarer würde unsere Liebe sein, das wußte ich in diesem Augenblick auch.

Am nächsten Morgen, als ich allein unter dem Flügel lag und er sich in seiner langweiligen Welt der Immobilien befand, rief mich seine Frau an.

Du hast mir meinen Mann gestohlen, sagte sie, ich will mit dir sprechen.

Wir trafen uns in einem modischen Naturkostcafé, wo die Bedienungen aussahen wie die Gäste und wo man nicht rauchen durfte. Ich kam mit Absicht zu spät, ich wollte, daß sie warten mußte, sich alt und fehl am Platz vorkam. In einer Hofeinfahrt rauchte ich drei Zigaretten, bevor ich hineinging.

Ich wußte sofort, wer sie war, obwohl sie aus der Ferne überraschend jung aussah. Sie trug ein weißes Strickkleid und einen hellblauen Schal, der zu ihren großen wäßrigen Augen paßte. Diese Augen kannte ich bereits. Ihre Kinder hatten die gleichen.

Setz dich, sagte sie, und ich ärgerte mich, daß sie mich duzte, möchtest du etwas trinken?

Nein, danke, antwortete ich, obwohl ich mich heftig nach einem Cappuccino sehnte, geben Sie sich keine Mühe.

Na dann, sagte sie und nippte an ihrem Kaffee, macht's Spaß mit meinem Mann?

Ich schwieg. Er stöhnt und schreit »O Gott, O Gott«, jede Nacht schlafe ich mindestens dreimal mit Ihrem Mann, das wollte ich ihr sagen.

Was findest du so toll an ihm?

Ich bin verrückt nach Ihrem Mann, weil ich mag, wie seine Hände auf dem Lenkrad aussehen, weil er meinen Busen liebt, weil er glaubt, daß ich eine Künstlerin bin, weil er meine Spaghetti-Sauce mag, das wollte ich ihr sagen. Er ist ein verheirateter Mann, sagte sie, ein Ehemann, ist dir das eigentlich klar?

Das Wort Ehemann klang in meinen Ohren nicht anders als Geschäftsmann, Lebkuchenmann, Weihnachtsmann – na und? Dann war er eben ein Ehemann.

Am Anfang, begann sie von neuem, am Anfang ist er sehr charmant, er becirct dich mit seinen romantischen Ideen und seinen Techniken im Bett ... Sie verstummte und rührte in ihrer Tasse.

Ich sah die Falten um ihre Augen, die trockene Haut auf ihren Wangen, ihren verwitterten Hals. Jemand hat mir mal erzählt, daß man nach den Wechseljahren austrocknet wie eine Pflaume, äußerlich und innerlich.

Aber dann, sagte sie, wenn es Alltag wird, wenn die Liebe nicht mehr leicht ist, sondern schwer, wenn Charme allein nicht mehr reicht, dann wird er grausam.

Was meinen Sie ? fragte ich so gleichgültig wie möglich.

Das wirst du schon sehen, sagte sie, stand auf und ging.

Ihr Hinterteil in dem engen weißen Strickkleid schwang wie ein Glocke hin und her. Cellulitis, dachte ich, zwei Kinder.

Die Bedienung, ein braungebranntes Mädchen in knallengen Shorts, trat an meinen Tisch und zückte ihren Block. Hatte deine Mutter einen Kaffee oder einen Cappuccino? fragte sie mich.

Der Ehemann blieb ziemlich lange charmant, er schien mich sogar mehr zu lieben als ich ihn, keine Sekunde wollte er ohne mich sein. Ich war geschmeichelt, ging nicht mehr studieren und blieb im Bett, weil es sonst nichts zu tun gab.

Wenn er zurückkam vom Häuserverkaufen, riß er sich noch in der Tür die Kleider vom Leib und kroch zu mir unter die Decke. Er nannte mich Zuckererbse, Schnitzelchen und mein kleiner Knödel, wir hatten den Himmel auf Erden.

Nach zwei Monaten brachte er seine Kinder mit. Sie saßen auf der Bettkante und hielten ihre Schlaftiere umklammert. Sie kommen von jetzt an jedes zweite Wochenende, sagte der Ehemann, und die Hälfte aller Ferien.

Er hielt einen Schlafsack unter dem Arm. Der ist für dich, sagte er, du schläfst an diesen Tagen im Flur.

Als ich mich beklagte, sagte er, die Kinder haben das ältere Recht in meinem Bett.

Als ich weinte, sagte er, du bist erwachsen, hör auf damit.

Als ich ihn fragte, ob er mich noch liebe, sagte er, sonst wärst du nicht hier.

Sein Freund, der Italiener, schüttelte jedesmal den Kopf, wenn er im Flur über mich steigen mußte, um ins Badezimmer zu gelangen. Warum läßt du das eigentlich mit dir machen? fragte er.

Weil ich ihn liebe.

Er hob die Hände. Madonna, sagte er, dieses Arschloch, er ist ein verheirateter Mann.

Meine Mutter sagt, du hast unseren Papa gestohlen, sagte das Mädchen. Wir hassen dich, sagte der Junge.

Ich rief meine beste Freundin an, die ich immer noch meine beste Freundin nannte, obwohl wir uns seit vier Jahren nicht mehr gesehen hatten.

Sie hörte die Kinder im Hintergrund und sagte: Was ist aus dir geworden? Eine Mama?

Nein, sagte ich und bewegte mit den Füßen den blauen Flügel über mir, ich habe mich nur in einen Mann mit Kindern verliebt, das ist alles.

Geschieden? fragte meine Freundin.

Noch nicht, sagte ich.

Und was machst du so? fragte sie.

Nichts, sagte ich, ich bin verliebt – ist das nicht genug?

Ich weiß nicht, sagte sie, ich hab da so meine Zweifel. Ich bin seit drei Jahren verheiratet, im Juli kriege ich ein Kind.

Herzlichen Glückwunsch, sagte ich.

Danke, sagte sie, vielen Dank. Manchmal möchte ich aus dem Fenster springen. Ich habe Angst.

Wovor?

Ich sehe uns in einem Auto sitzen, sagte sie, das Kind auf der Rückbank, schweigend fahren wir durch eine wunderschöne Landschaft, und jeder haßt jeden.

Wart's ab, sagte ich zu ihr, das wird alles prima.

Seine Frau behauptete, ich sei ein schlechter Einfluß für die Kinder und sie wolle nicht, daß ich anwesend sei, wenn die Kinder ihren Vater besuchten.

Willst du, daß ich gehe? fragte ich ihn, und er zuckte die Schultern und fragte die Kinder: Wollt ihr, daß sie geht?

Das Mädchen nickte, der Junge schüttelte den Kopf, also mochte ich den Jungen und haßte das Mädchen. Ich wußte, wie kindisch das war.

Eines Morgens wachte ich weinend auf, die Tränen flossen in breiten Strömen aus meinen Augen, ohne daß ich dabei irgend etwas fühlte, ich konnte sie nur nicht aufhalten.

Entschuldige, sagte ich, ich weiß auch nicht, was das soll.

Der Ehemann schüttelte den Kopf über mich, nach ein paar Tagen gab er mir die Adresse eines Arztes.

Der Arzt, ein freundlicher, älterer Mann, fragte mich nach meinen Beschwerden.

Keine, sagte ich, ich kann nur nicht mehr aufhören zu heulen.

Er verschrieb mir ein paar Pillen, auf der Packung stand: auch bei postnataler Depression und depressiven Zuständen im Klimakterium.

Die Pillen machten mich nur schläfrig, aber die Tränen hielten sie nicht auf. Wenn ich morgens die Augen aufschlug, flossen sie einfach heraus, wie aus einem Wasserhahn. Meine Lider waren dick geschwollen, ich bekam Bläschen an der Oberlippe, er küßte mich nicht mehr.

Deine Stimme klingt so komisch, sagte meine Mutter.

Heuschnupfen, sagte ich.

Blödsinn, sagte meine Mutter, ich höre doch, daß etwas nicht stimmt.

Was soll denn nicht stimmen?

Das werde ich dir nicht sagen, das mußt du selbst herausfinden, sagte sie.

Ich legte auf.

Die Psychotherapeutin war eine hübsche junge Frau mit langen, blonden Haaren und kirschrot geschminkten Lippen.

Beschreiben Sie in einem Bild, was Sie fühlen, sagte sie.

Ich sah eine Frau unter Wasser, tief unten, da wo es dunkel und schlammig ist. Luftblasen kamen aus ihrem Mund, über ihr, an der Wasseroberfläche, dort, wo die Sonne zittrige goldene Zacken durch das Wasser warf, schwammen ein Mann und zwei Kinder. Sie sahen nach unten, zu der Frau, und lachten.

Hm, sagte die Therapeutin und verzog ihren kirschroten Mund, haben Sie sich schon einmal überlegt, diesen Mann zu verlassen?

Ich stand auf und ging. Sie rief mir durch das Treppenhaus hinterher, es täte ihr leid, wenn sie etwas Falsches gesagt habe, ich sei erst ihre zweite Patientin.

Liebst du mich? fragte ich ihn mitten in der Nacht, am frühen Morgen, am Nachmittag.

Sonst wärst du nicht hier, sagte er.

Sonst wäre ich nicht hier, sonst wäre ich nicht hier.

Warum suchst du dir nicht einen Job? sagte er.

Also suchte ich mir einen Job und fand schließlich einen in einer Bäckerei. Ich hörte auf zu weinen und fing an zu essen. Croissants, Brioches, Baguettesemmeln, Amerikaner, Krapfen, Ausgezogene, Müslisemmeln, »Seelen«, so hießen dünne lange Semmeln mit Kümmel und Salz drauf, am liebsten aß ich die »Seelen«.

Er fuhr mit seinen Kindern in die Sornmerferien, der Junge schickte mir eine Postkarte, auf die er oben rechts die Sonne und unten grünes Gras gemalt hatte. Das Mädchen hatte krakelig mit unterschrieben, vom Ehemann kein Wort.

Es war ein heißer Sommer, niemand aß viel Kuchen oder Brot. Lange Stunden verbrachte ich allein in der Bäckerei.

Einmal ging ich versuchsweise mit dem italienischen Antiquitätenhändler ins Bett, aber mittendrin mußte ich wieder weinen.

Sie kamen früher als geplant aus den Ferien zurück, weil dem Jungen nicht gut war. Er hatte sich jeden Morgen übergeben müssen und klagte über Schwindel.

Dem Jungen fehlt gar nichts, sagte der Ehemann am Telefon zu seiner Frau, er verkraftete die Trennung nicht so gut, das ist alles.

Er legte auf, diese alte Kuh, sagte er, an allem soll ich schuld sein, dann umarmte er mich, und er roch nach Meer und Strand. Er sah wunderbar aus, dunkelbraun gebrannt und schlank, und ich war weiß wie Weißbrot und fett geworden von all den »Seelen« den ganzen Tag.

Der Junge freute sich, mich zu sehen. Er schob seine kleine, dicke, warme Hand in meine, zum allerersten Mal. Er schenkte mir ein Bild. Oben rechts die Sonne, unten das Gras, dazwischen eine Familie, Mann, Frau, zwei Kinder. Alle hatten schwarze Punkte im Kopf.

Was sind die schwarzen Punkte? fragte ich ihn.

Denen ist so schwindlig, sagte er.

Ich hängte das Bild übers Bett, gleich neben den Flügel, der Junge sah mir dabei zu.

Wenn man tot ist, kann man dann fliegen?

Klar, sagte ich, man hat dann ja sonst nichts zu tun.

An dem Tag, als der Ehemann geschieden werden sollte, wurde im Kopf des Jungen ein hühnereigroßer Tumor entdeckt.

Die Scheidung wurde aufgeschoben, der Mann kam weiterhin als Ehemann nach Haus, in der Hand einen Umschlag mit Röntgenaufnahmen.

Ich konnte nicht glauben, daß die kleine graue Wolke auf diesen Bildern das Gehirn des Jungen sein sollte, daß aus diesem undeutlichen Nebel seine klaren Fragen kamen und die Vorstellung, daß die Sonne rechts oben in der Ecke sitzt und das Gras als dicker grüner Strich untendrunter.

Sie brachten ihn in ein Krankenhaus in einer anderen Stadt, aber es gab nicht viel Hoffnung. Seine Eltern begleiteten ihn, Ehemann und Ehefrau. Sie wußten nicht, wohin mit der kleinen Schwester, also ließen sie sie bei mir.

Wir redeten nicht viel miteinander. Ich kochte ihr die Mahlzeiten, putzte ihr die Zähne und ließ sie soviel fernsehen, wie sie wollte. Sie hatte drei Barbiepuppen mitgebracht, die sie abwechselnd an- und auszog.

Nachts konnten wir beide nicht schlafen. Sie warf sich neben mir im Bett hin und her und wühlte den Kopf in das Kissen. Ich hatte Angst und fühlte mich, als hätte mir jemand einen Sack übergestülpt. Ich hätte gern ein Gelübde getan, aber mir fiel nichts ein, was ich Gott hätte anbieten können.

Erzähl mir eine Geschichte, sagte das Mädchen.

Als ich so alt war wie du, habe ich ein Paar Barbieschuhe geklaut, sagte ich, und es kam mir nicht mehr wahr vor, so lang war es her. Sie gehörten einem Mädchen in der Nachbarschaft, es trug Lackschuhe und Kleider mit Rüschen, ihre Barbiepuppe wohnte in einem Haus mit Dusche und Fernseher. Mich interessierten nur Barbies Schuhe, winzige rosa Stöckelschuhe, kleiner als mein Fingernagel. Ich konnte an nichts anderes mehr denken als an diese Schuhe und ich hatte die Vorstellung, wenn ich sie erst hätte, würde ich für immer glücklich sein.

Weiter, flüsterte das Mädchen.

Ich kann mich nicht mehr dran erinnern, wie ich sie geklaut habe. Eines Tages hatte ich sie, ich versteckte sie im Bezug von meinem Kissen. Wenn ich abends ins Bett ging, freute ich mich schon auf sie. Als erstes streckte ich die Hand aus und befühlte die beiden erbsengroßen Knubbel in meinem Kissen, ich rieb sie zwischen meinen Fingern, und so schlief ich ein. Ich nahm sie nie raus, ich hatte Angst, man würde mich sonst erwischen, es genügte mir zu wissen, daß die beiden Knubbel die rosa Stöckelschuhe waren. Eines Tages bezog meine Mutter das Bett neu, und die Schuhe waren verschwunden. Ich heulte mir fast die Augen aus dem Kopf, und als meine Mutter mich fragte, was denn bloß los sei, log ich, ich heule, weil das Leben hart und beschissen ist. Daß ich das als kleines Mädchen gesagt habe, erzählt sie jedesmal wieder gern, und alle müssen dann immer furchtbar lachen.

Mein Bruder hat seinen kranken Kopf vom Lügen bekommen, sagte das Mädchen, das weiß ich genau.

Wir spielten mit den Barbiepuppen, als ihr Vater anrief. Sie nahm den Hörer ab und fing an zu lächeln. Da wußte ich, dem Jungen ging es gut.

Ich sah ihn nie wieder. Als sein Vater zurückkam, erzählte er nichts, sondern bat mich als erstes, mein Hemd auszuziehen. Er starrte meine Brüste an, aber sein Blick war unruhig und flackerte. Er schlief mit mir und fragte mich, was mit mir los sei, du fickst wie eine Krankenschwester, das sagte er.

Als er aus dem Haus ging, um Bier zu holen, packte ich meine Sachen. Ich nahm den Flügel ab, das Bild mit den Menschen mit den schwarzen Punkten im Kopf und verließ den Ehemann.

Julia Franck *Maries Schuhe*

Zu seltenen Gelegenheiten nur blickte Edmund den Menschen ins Gesicht. Es war, als sei ihm das Gesicht kein wichtiger Anhaltspunkt, nichts, worin er etwas erkennen könnte, er war blind für Gesichter und also schaute er nicht hinein. Als an jenem Montag im April die Türglocke ertönte und eine Frau mit rotem Haar und Sommersprossen das kleine Geschäft an der Ecke zum Botanischen Garten betrat, sah er einen Menschen mit festem Gang eintreten, eine Frau, wie er an den schmalen Schuhen erkannte, ungewöhnlich fest für eine Frau, und ungewöhnlich war auch, daß sie allein kam.

Während Männer in aller Regel allein sein Geschäft betraten, zielstrebig und sicher, kamen Frauen meist in Begleitung ihrer Männer, ihrer Väter, ihrer Söhne, manchmal in Begleitung einer Freundin. Doch diese Frau, deren rotes Haar er so wenig wahrnahm wie die Sommersprossen, und deren stolzer Blick, der es gewohnt war, neugierige und begehrende Augen auf sich zu ziehen, bald Unsicherheit verriet, kam allein, grüßte knapp und steuerte zielstrebig den Stuhl an, auf dem seine Kunden sonst erst Platz nahmen, nachdem er sie dazu aufgefordert hatte. Ihre Schuhe waren aus rosa Kunststoff, die Sohlen lösten sich bereits, aber Edmund hütete sich, derartige Schuhe genau zu betrachten.

Sie stellte sich vor, mit ganzem Namen. Er merkte sich nur Marie. Edmund kniete vor ihr nieder. Er streckte seine Linke aus, um ihren Schuh in die Hand zu nehmen, ihn auszuziehen, ihren Fuß zu fühlen, der bei dem Wetter geschwollen sein mußte und in dem Plastikmaterial schwitzen dürfte.

Marie zog den Fuß zurück.

Ich möchte erst das Leder sehen. Sagte sie, ihre Stimme war zugleich rauh und hell und alles andere als unsicher.

Wie Sie wünschen. Edmund erhob sich. Er ging zum Schrank und entnahm ihm die beiden Musterbücher.

Mehr haben Sie nicht? Fragte sie und besah von ihrem Stuhl aus das schmale Regal mit den fertigen Schuhen, um seinem nicht vorhandenen Blick zu entgehen.

Er breitete die Bücher auf dem Tisch aus und zeigte ihr zwei Nappavarianten.

Das mag ich. Marie legte beide Hände flach auf das Leder und streichelte es. Andere Kunden bevorzugten zwei spitze Finger, den Daumen und den Zeigefinger, zwischen denen sie unschlüssig das Material befühlten, und ihre Haltung zeigte Unsicherheit über den eigenen Eindruck, gepaart mit der Sicherheit, daß der Schuhmacher vor ihnen genau wußte, welches Material gut war und welches teuer. Marie beugte sich über das Buch und roch. Ihre Haare fielen auf das Leder, sie atmete tief und hörbar ein.

Es riecht nach Sommer.

Edmund antwortete darauf nicht. Für ihn roch es nach Tier, nach Gerbstoffen, nach Färberei.

Haben Sie auch lindgrün?

Lindgrün? Edmund wandte sich um. Die Farbtafeln befanden sich in einem anderen Buch.

Wieder steckte sie ihre Nase in das Buch. Warm duftet es. Behauptete sie. Glauben Sie, das paßt zu Schuhen?

Statt einer Antwort kniete Edmund erneut nieder. Entschlossen griff er nach ihrem linken Fuß, den sie nur noch ein wenig zurückzog, dann aber seinen kurzen kräftigen Händen überließ, die zuerst ihren Schuh auszogen, den Strumpf und schließlich den Fuß wogen, als wögen sie ein kleines Tier. Wie seine Hände über ihren Spann strichen, war ihr, als streichele er den Fuß, ihre Haut, sie. Er nahm die Ferse in die hohle Hand und strich die Zehen glatt, einen nach dem anderen.

Sie können die kleinen nicht mehr strecken?

Marie zuckte mit den Achseln, vielleicht schämte sie sich für die gekrümmten und verkümmert erscheinenden Zehen.

Edmund griff nach dem anderen Fuß. Doch Marie sprang vom Stuhl auf. Reicht nicht einer?

Tut mir leid. Füße können sehr verschieden sein. Er wartete geduldig, bis sie das Geschäft einmal durchquert hatte und wieder zurückgekehrt war. Sie setzte sich wieder und überließ ihm den Fuß. Sie schaute an die Decke. Er zog den Schuh aus, den Strumpf und sah die vier Zehen, von denen der kleinste gekrümmt war. Anstelle des fünften war ihr Fuß sanft gewölbt – ohne im geringsten einen Zeh anzudeuten. Er fühlte die glatte Haut und wußte, daß sie nie einen fünften gehabt hatte.

Sehen Sie, der rechte hier ist viel schmaler.

Ist er nicht. Marie krümmte ihre Zehen.

Man wird es nicht sehen, das verspreche ich Ihnen. Aber Sie werden nicht mehr den Eindruck haben, einen zu weiten Schuh zu tragen.

Ich möchte einen Schuh für den Sommer haben. Sagte sie. Und unvermittelt fügte Marie hinzu: Es ist mein letzter Sommer.

Edmund nahm Maß. Ihre Haut zeigte kaum Spuren, sie war noch jung und geschmeidig. Vielleicht war sie vierzig. An den Nägeln und der Sohle konnte er sehen, daß sie ihre Füße pflegen ließ. Gerne hätte er jetzt in ihr Gesicht gesehen, aber er fürchtete sich.

Treten Sie auf. Sagte Edmund und erhob sich. Treten Sie richtig auf, Sie müssen aufstehen zum Auftreten und Gehen.

Und er sah ihren stolzen Gang, unter dem sich die Füße leicht nach außen gebeugt hatten.

Als sie weg war, ging er zum Telefon und bestellte das Lindgrün. Dann begann er mit dem Muster, obgleich es etliche andere Schuhe gab, die er hätte nähen und kleben müssen.

Zwei Wochen später kam Marie in das Geschäft und probierte das Muster. Er blickte ihr nicht ins Gesicht und sie ließ keinen Satz über ihren letzten Sommer fallen, an der Verbindung ihn das Wort Sommer lockte und das Wort letzte scheute. Sie sagte nur, sie hoffe, daß der Schuh zum Sommeranfang fertig werde, und er versprach es ihr.

Am Montag traf das Lindgrün ein. Edmund machte sich sogleich an die Arbeit. So stolz war ihr Schritt, so unbeschadet die Haut ihrer Füße, daß ihm die Vorstellung unmöglich erschien, sie könne ein Leiden mit sich tragen, von dessen schmerzlicher Erlösung - denn anders konnte er sich das Wort letzte nicht denken als im Tod - sie gerade erst erfahren haben konnte. Er hatte seine Mutter gehen sehen, am Tag, nachdem der Arzt ihr gesagt hatte, sie werde sterben. Ihr leichter kurzer Schritt war binnen Wochen ein schleppender geworden, als ginge sie dem Tod auf diese Weise zögerlicher entgegen und als hafteten ihre Füße nicht einfach an der Erde, sondern am Leben. Edmund drückte seine Daumen in das Fußbett, er schliff die Sohlen und schnitt vom Lindgrün aus, was für diesen Sommer Maries Füße bedecken sollte. Als er mit dem Nähen begann, steckte er seine Nase in die lindgrüne Höhle und roch, wie ihr Sommer riechen würde. Vielleicht hatte sie Schmerzen und der Gedanke an den bevorstehenden Tod erleichterte sie. Doch dagegen sprach ihr Schritt. Er konnte sich nicht vorstellen, wie ein Mensch mit Schmerzen mit solchen Schritten ging.

Einmal ertappte sich Edmund dabei, wie er glaubte, Marie habe diesen Satz einzig gesagt, um sich seine Gedanken an sie zu sichern. Vielleicht nur, um ihm diesen Auftrag besonders wichtig erscheinen zu lassen. Dann wieder, als er seine Hand in die Höhle des Schuhs schob, mit den Fingerkuppen tastete und die Rundung von innen prüfte, kam ihm der Gedanke, daß der Puls ihres kleinen Zehs an genau diesem Ort ein letztes Mal schlagen würde. Haut an Haut. Das tat ihm weh. Er wunderte sich, denn er hatte noch nie darüber nachgedacht, daß ein Mensch in seinen Schuhen sterben könnte. Dabei mußte es zwangsläufig hin und wieder der Fall sein. Wer starb nicht alles in Schuhen. Und warum nicht in seinen?

Er stellte sich vor, wie er Marie zum Tanzen auffordern würde, damit sie ihn mit ihrem stolzen Gang durch den Saal führte, durch den er allein niemals hätte gehen können. Sie würde seine Schuhe tragen und darin tanzen, als gäbe es kein Morgen. Dann würde er sie nach Hause bringen, in ihre Wohnung, und ihr die Schuhe ausziehen, die er ihr gemacht hatte, zum Tanzen und zum Sterben. Nicht aber zum Schlafen. Ihre Füße würden nackt sein, und er würde ihre Füße küssen, bevor sie in seine Schuhe schlüpfen müßten, zum Sterben. Noch nie hatte er einen zweiten Blick auf die Adresse eines Kunden geworfen. Ihre Adresse schwirrte in seinem Kopf herum, seit er sie notiert hatte. Sie schwirrte dort so lange, bis er eines Nachts vor ihrem Haus stand. Die Lichter oben waren gedämpft, hinter den Vorhängen glaubte er Schatten zu sehen. Aber er klingelte nicht. Auf der anderen Straßenseite befand sich eine Haltestelle der Straßenbahn. Er setzte sich auf die Bank und sah hinauf zu ihrem Fenster und war glücklich. Denn er glaubte sich ihr nahe. Als die letzten Straßenbahnen gefahren waren und alle Lichter im Haus längst erloschen, machte er sich auf den Heimweg.

Zu Hause nahm er ihre Schuhe, denen er einen eigenen Platz auf seinem Werktisch gegeben hatte. Nie standen sie zwischen den anderen in Arbeit befindlichen Schuhen im Regal. Er nahm ihre Schuhe, roch ihr Leder und ihren Sommer. Er küßte sie. Die Sohlen, auf denen noch niemand gelaufen war, die Sohlen, mit denen sie sterben würde. Es war Mai, die Schuhe längst fertig, und er ertrug das Warten auf ihre Rückkehr so wenig, daß er ein zweites Paar und ein drittes Paar nach ihrem Muster gemacht hatte. Eins weiß, eins malvenfarben. Doch er küßte nur die ersten. Er ahnte, daß er die anderen Schuhe bei sich behalten würde. Er stellte sich vor, wie sie sein Geschäft betreten würde mit ihrem stolzen, leichten Schritt, den er sofort erkennen würde, selbst wenn die Schritte langsamer geworden sein sollten und die Füße an der Erde hafteten. Vielleicht würde sie fragen, warum das Leder Nappa heiße – und er würde ihr niemals sagen, daß er noch nie Schuhe aus Nappa gemacht hatte, er haßte Nappa und es war ihm bislang immer gelungen, den Kunden Nappa auszureden. Seiner Überzeugung nach konnte es keine guten Schuhe aus Nappa geben. Doch jetzt glaubte er noch etwas anderes, waren die Schuhe nicht nur zum Gehen, sondern auch zum Sterben, und waren sie für eine Frau mit diesem Gang, dann mußten Schuhe aus Nappa sein. Also würde er ihr ohne Umwege antworten. Napa. Napa Valley. Ungläubig würde sie den Kopf schütteln, vielleicht lachen, weil es ihr unwahrscheinlich erschien, daß ein so altes Handwerk und ihre Schuhe zum Sterben in Verbindung mit einer kalifornischen Stadt stehen sollten. Besser, sie fragte gar nicht erst. Eine Frau wie sie würde die neuen Schuhe anziehen, sich drehen, einige Schritte vor, auf den bis zum Boden reichenden Spiegel zugehen, sich zu ihm umdrehen und fragen: Passen sie zu mir, Ihre Schuhe?

Auf diese Art Fragen antwortete Edmund nicht. Er gab nicht vor, einen Fremden zu verstehen und war sich seiner Unkenntnis über die wahre Empfindung eines fremden Läufers allzu bewußt. Noch weniger wollte er seinen geschmacklichen Eindruck gegen den eines Kunden stellen.

Edmund dachte sich, daß es seine Pflicht gewesen wäre, sie auf mögliche Veränderungen hinzuweisen – doch es sollte ihr letzter Sommer sein, da gab es keine Pflichten mehr. Offenbar hatte sie zuvor nur Klapperschuhe getragen, solche mit Absätzen, die ihre Waden gerundet hatten. Sehen Sie, die Wade, er strich darüber, sie hat sich fast zu einer kleinen Kugel geformt, hier oben – Ihnen fehlen die Muskeln für das Gehen im flachen Schuh, verkürzt, sehen Sie, hier. Hätte er sagen müssen. Denn wenn sie länger als einen letzten Sommer in flachen Schuhen gelaufen wäre, würden ihre Beine eines Tages anders aussehen. Aber vor einem letzten Sommer gab es keine Pflichten mehr.

Sie setzte sich wieder hin und betrachtete ihn, nun völlig ungehemmt, da sie sicher sein konnte, er würde den Blick nicht gegen sie erheben. Fast glaubte Marie, seinen Atem an ihrer Wade zu spüren. Würde sie nur kommen, er wäre erleichtert.

Edmund wartete auf die Türglocke und ihre Schritte und es wurde Juni.

Ich danke Ihnen. Marie hatte Edmund die Hand entgegengestreckt. Er spürte noch ihre schmale und kräftige Hand in seiner. Er spürte sie schon, so genau, so sicher und so glatt, wie er erst Wochen zuvor ihren Fuß gefühlt hatte.

Gute Besserung. Marie. Hörte Edmund sich sagen und biß sich sogleich auf die Lippen. Er wußte, daß sie innehalten und sich auf dem Absatz umdrehen würde, er hörte sie hell auflachen wie ein kleines Mädchen. Nein, krank bin ich nicht.

Dann hörte er die Türglocke, die sich vor ihren Schritt und ihr Lachen drängte, und ein alter Kunde betrat seinen Laden. Er stellte ein paar Schuhe auf den Tisch und verlangte neue Sohlen. Es wurde Juli und August. Edmund steckte am Abend seine Hände in ihre Schuhe und fühlte die Ebenheit der Naht, er roch ihren Sommer und ihren Abschied. Edmund wußte, daß Marie nicht mehr kommen würde, um in seinen Schuhen zu gehen.

Uwe Timm *Das Abendessen*

Ich habe sie gleich wiedererkannt. Ich war etwas früher zu den Gates im Kennedy-Airport gegangen, in die Raucher-sektion, wo ich sie sitzen sah, diese noch immer zierliche Frau, älter geworden war sie, natürlich, hatte sich sonst aber kaum verändert, auch das Haar hatte noch diesen leuchtend kastanienbraunen Ton. Dabei mußte sie, wenn ich richtig rechnete, 46 sein. Sie trug Jeans, ein weißes langärmeliges Hemd, darüber ein ausgewaschenes, blaues kurzärmeliges T-Shirt. Neben dem Sessel stand eine große Fototasche. Sie las in sich versunken ein amerikanisches Taschenbuch, dessen Titel ich nicht erkennen konnte, und hin und wieder führte sie ohne aufzublicken die Zigarette zum Mund, rauchte langsam, ohne jede Gier, eher beiläufig, und doch lag eben darin etwas betont Lustvolles. Getroffen hatte ich sie nur einmal, bei einem Abendessen, vor knapp zwanzig Jahren, allerdings das merkwürdigste Abendessen, das ich erlebt habe. Sie und ihr Mann hatten uns eingeladen, Gisela und mich. Das mit Gisela war eine dieser kurzen Freundschaften, die – es waren die freizügigen siebziger Jahre – schnell geschlossen wurden und sich ebenso schnell und meist problemlos wieder auflösten. Gisela war mit Renate befreundet. Von Renate, genannt Princy oder auch Princess, hatte ich schon vorher viel gehört. Ein damaliger Freund, Lionel, der wie Renate Kunstgeschichte studierte, beschrieb sie mir als wunderschön, aber schwer erträglich. Sie hat immer eine kleine Stofftasche bei sich, darin ein Kissen, das sie sich auf die Bänke in der Uni, aber auch auf Stühle und Sessel legt, nicht etwa wegen eines Bandscheibenschadens, sondern um etwas höher zu sitzen. Und dann gibt sie, wenn man mit ihr unterwegs ist, irgendjemandem diese Stofftasche kurz zum Halten und vergißt sie regelmäßig in der Hand des anderen, so daß ihr immer jemand diese Tasche nachträgt. Eine Prinzessin auf der Erbse. Perfekt, sagte Lionel, äußerlich perfekt, ja wunderschön, sehr zart, aber eben auch mit diesem Selbstverständnis ausgestattet, zerbrechlich zu sein. Wie diese Stofftasche trägt sie auch einen Anspruch mit sich herum: Ihr andern seid erschienen, mich fürstlich zu bedienen. Princess. Und nun hat sie auch noch ihren Frosch gefunden. Ramm heißt der Typ, sagte er, hat Geld und eine Glatze, ist sonst aber behaart wie ein Orang Utan.

Wart ihr mal schwimmen?

Nein, aber seine Hemden sind für seinen Bauch immer zu knapp geschnitten, also drängt sich zwischen den Knöpfen das Bauchfell durch, rötlichbraun, das Fell eines Yetis. Lionel hatte, als er mir das erzählte, schon einiges getrunken, und seine Erregung über Ramm und Renate bestätigte den Verdacht, daß er sich ziemlich in sie verliebt hatte.

Nein, sagte Gisela, die Renate am besten kannte, sie ist ganz anders, sehr konsequent, aber eben zugleich wirklich hilflos, wie von einem anderen Stern.

Ich war neugierig auf die beiden, auf Renate wie auf Ramm. Sie hatten erst vor drei Monaten geheiratet und gerade eine Altbauwohnung mit sechs Zimmern in Eppendorf bezogen. Eine übergroße Wohnung für zwei Personen. Die Wohnung war grundrenoviert, die Stukkatur säuberlich ausgekratzt, es roch nach Farbe. Zimmer von einer ruhigen weißen Leere, ein Tisch, schwarz, die Stühle ebenfalls schwarz, die Sessel schwarze Lederwürfel von Le Corbusier, mit Chromspangen versteift, an der Wand etwas Abstraktes, Rot und Blau waren über eine Leinwand heruntergesuppt.

Renate war, wenn ich mich recht entsinne, gerade 26 geworden, sah aber aus wie siebzehn. Alles an ihr war zierlich, die Beine, die Finger, die Hände, die Ohren, die Ohrläppchen, der Hals, Nase, und alles stimmig, tatsächlich makellos, man suchte regelrecht nach einem störenden Detail, hätte sie wenigstens einen schiefen Schneidezahn gehabt, aber sogar die Zähne waren ebenmäßig. Lediglich die Stimme irritierte, so tief, wie sie war. Sie paßte einfach nicht in diesen zierlichen Körper. Auch das Lachen nicht, ein dunkles, eigentümlich rauhes Lachen. Ich mochte dieses Lachen, denn es ließ mich jedesmal wieder aufhorchen. Wenn wir alle lachten, hörte ich immer nur ihr Lachen. Und wenn ich sie ansah, war es, als lachte, warm und lebendig, eine dieser Schaufensterpuppen, die damals als perfekt plastifizierte Mädchenfrauen die Kaufhausschaufenster bevölkerten. Ich gab mir denn auch an dem Abend die größte Mühe, Renate zum Lachen zu bringen.

Ramm war viel älter als sie, fünfundvierzig, also für uns damals, die wir Mitte Zwanzig waren, uralt. Das Seidenhemd spannte sich über seinen Bauch, und tatsächlich war ein Knopf aufgesprungen, und ein paar dunkel braune Haare lugten hervor. Ramm hatte etwas schütteres Haar, aber keineswegs eine Glatze, wie Lionel behauptet hatte. Warum ausgerechnet den, hatte Lionel immer wieder gefragt, diesen Yetifrosch.

Der Grund ist doch ganz einfach, hatte Gisela gesagt.

Da bin ich aber gespannt!

Sie langweilt sich nicht mit ihm. Ramm ist witzig und für jede Überraschung gut. Außerdem kocht er hervorragend. Und er legt ihr alles, sich selbst sogar, zu Füßen.

Ramm war freundlich, souverän, mit einem guten Sinn für Komik und Selbstironie. Er kam viel in der Welt herum, arbeitete in einem Büro für Unternehmensberatung, das auch international agierte. Wir erzählten von Professoren, Seminararbeiten und Hörsälen, während er gerade aus New York zurückgekommen war. Schon eine Taxifahrt durch Manhattan brachte mehr Stoff als ein Monat an der Uni in Hamburg. Damals, Mitte der siebziger Jahre, war es an den Hochschulen wieder ruhig geworden, keine Streiks mehr, keine Institutsbesetzungen, keine Wasserwerfer vor dem

Philosophenturm. In dem grauen Betonklotz gingen die Leute wieder ihren Studiengängen nach, wenn sie nicht an Selbstmord dachten.

Er habe, erzählte Gisela, auf einem der sonst so faden Sonntagsspaziergänge Renate gefragt, ob sie ihn heiraten wolle, und als sie antwortete, bist du verrückt, habe er ja gesagt und sich ausgezogen – es war Winter, einer der seltenen schneereichen Winter in dieser Stadt – und sich auf dem Alsteruferwanderweg vor ihren Augen nackt im Schnee gewälzt. Willst du mich heiraten? hatte er gerufen, immer wieder: Willst du mich heiraten? Erst hatte sie nur gelacht und dann schnell ja gesagt, denn Spaziergänger näherten sich, eine Familie mit drei Kindern und Hund.

Außerdem – die treibende Kraft kleiner, doch sehr konkreter Wünsche ist nicht zu unterschätzen – hatte sie sich schon immer eine große Altbauwohnung gewünscht. Als Kind sei sie in so einem langen Wohnungskorridor Rollschuh gelaufen, ihr Vater war früh gestorben, und ihre Mutter mußte mit Renate in eine kleine Neubauwohnung ziehen.

Mach du doch bitte den Wein auf, sagt Ramm zu mir und reicht mir vorsichtig eine Flasche aus dem Holzregal. Diamond Creek 1973, aus Kalifornien, ein Cabernet Sauvignon. Und du, Renatekind, sagt Ramm, wenn du schon mal bitte die Rotweingläser hinstellst.

Und Renatekind reckt sich, stellt sich auf die Zehenspitzen, die spitzen Absätze der Pumps heben sich, der Minirock zieht sich noch weiter über die zierlichen Oberschenkel hoch, sie streckt den braungebrannten Oberarm aus, und der tiefausgeschnittene Blusenärmel gibt den Blick auf die kleine, zartweiße Brust frei, ihre Hand streckt sich, die Finger kommen dennoch nicht an die Gläser. Sie hätte jetzt einen Stuhl heranziehen und hinaufsteigen können, aber sie blickt sich hilfesuchend um, da sagt Gisela, die gute einsachtzig mißt und im studentischen Ruderclub als Schlagfrau im Vierer ohne

Steuermann schon mehrere Preise auf der Alster geholt hat: Komm, laß mich mal ran, und Gisela greift in den Schrank und holt die Gläser heraus. Ramm hatte uns nach einem extra trockenen Oporto in die Küche dirigiert, eine dieser Küchen, in denen man zu zehnt sitzen kann und die nach dem letzten technischen Stand eingerichtet war, alles glänzte, strahlte. Nur manchmal, sagt Renate, wenn Ramm kocht – sie nannte Ramm nur beim Nachnamen – riecht es so nach Horn.

Nein, sagt Ramm, das ist nicht Horn, das ist Lack, aber ein Naturlack. Hab ich extra drauf bestanden. Wenn wir erst ein paarmal gekocht haben, verliert sich der Geruch.

Vielleicht liegt es doch an der Platte. Vielleicht hättest du doch eine Mikrowelle einbauen lassen sollen, sagt Renate.

Nein, sagt er, die lehne er ab, prinzipiell. Alles wird beschleunigt, auf der Straße, in der Luft, im Büro, in den Beziehungen, da muß man sich wenigstens beim Kochen Zeit nehmen. Leider gibt es kein Gas hier. Nur auf einer Flamme kann man präzise kochen. Dafür zeigt er uns eine technische Neuheit, brandneu, wir bestaunen einen Elektroherd mit einer durchgehenden Keramikplatte, darunter leuchten glührot die Heizringe. Ein Material, sagt Ramm, das bei den milliardenschweren Anstrengungen, einen Fuß auf den Mond zu kriegen, abgefallen ist. Ramm hat etwas von Eric Clapton aufgelegt und klopft den Takt mit einem Holzkochlöffel auf die schwarzgranitene Anrichte. Erst muß die Platte heiß werden, und zwar richtig, erklärt er uns, dann die Pfanne draufstellen, ebenfalls richtig heiß werden lassen. Er holt das Kartoffelgratin aus dem Ofen, zwei Mickey-Mouse-Topflappen, heiß! heiß!, stellt die Schüssel auf den Tisch. Da, sagt Renate, die nie kocht, gar nicht kochen kann, aber wie sie von sich behauptet, eine gute Nase hat: Sag mal, das riecht doch schon wieder nach verbranntem Horn. Etwas zischt auf der Herdplatte und verdampft. Ramm geht, schaut nach, nein, nichts, vielleicht ein Stück Käse vom Gratin.

Sonderbar, sagt Renate, schon gestern und vorgestern, immer wenn wir kochen, zischt es. Und dann jedesmal dieser widerliche Geruch nach verbranntem Horn.

Wir sitzen, trinken Diamond Creek, und ich erzähle, während Renate vom Gratin nascht, von einem Onkel, der die Kartoffelsorten herausschmecken konnte, von dem ich jedesmal erzähle, wenn es ein Kartoffelgericht gibt. Alle schmecken dann und versuchen den Geschmack der Kartoffel zu beschreiben. Wie schmeckt die Clarissa? Die Sprache reicht da einfach nicht aus. Ramm sitzt nachdenklich, schmeckt und schmeckt, sagt, allerdings haben wir Knoblauch dran, das überdeckt natürlich den Geschmack, und er trommelt wieder mit den Zeigefingern den Takt auf den Küchentisch, und vom Herd ist ein kleines Ploff zu hören, und wieder riecht es nach verbranntem Horn. Sonderbar, sagt Renate, nascht von dem Kartoffelgratin, das riecht schon wieder nach Horn. Sie kaut. Ekelhaft. Und wieder macht es ploff und wieder.

Da, schau mal, sagt Gisela, was da kriecht. Alle springen auf, da kommt schon die nächste durch den edelstahlverkleideten Rauchabzug direkt über dem Herd, fällt auf die Herdplatte, eine dicke fette Kakerlake, marschiert zielstrebig auf die Kochplatte los, auf diesen leuchtenden Kreis zu, zögert, rennt los, wie von der rotglühenden Platte angezogen, wird aber immer langsamer, so als müsse sie durch einen Sumpf waten, in den sie auch tatsächlich einzusinken scheint, dann, einen winzigen Augenblick nur, wölbt sich der Chitinpanzer auf, es macht dieses kleine Ploff, und ein Rauchwölkchen steigt auf, der Gestank nach verbranntem Horn. Renate sieht uns an, mit ihren tief entsetzten blauen Kinderaugen, ja, hilfesuchend blickt sie kurz mich, dann Ramm an und reißt die Hand vor den Mund, springt auf, stürzt los, durch den Gang, wir laufen hinterher, rufen Renate! warte! Sie kotzt, sie kotzt einen verwackelten Strahl rechts und links an die schneeweiße Wand, den ganzen langen Korridor entlang, den sie so liebt, weil er sie an das Rollschuhlaufen erinnert, sie stürzt in die Toilette, schließt sich ein.

Ramm klopft vorsichtig an die Tür: Renatekind! komm raus, ruft Ramm. Hörst du. Ist doch nicht so schlimm. In Afrika essen einige Stämme dauernd Kakerlaken. Eine gute Proteinquelle.

Von innen wird das mit überlauten Kotzgeräuschen beantwortet, dann folgt ein mitleiderregendes Röcheln.

Ramm klopft zart mit dem Fingerknöchel an die Toilettentür: Komm, Renatekind, mach auf. Ich wisch dich ab. Einen Moment ist es still, und in diese Stille hinein sagt Ramm, ein Indianerstamm in Kalifornien treibt Heuschrecken auf einen Kreis glühender Kohlen, die rösten die Heuschrecken, um sie sodann genußvoll zu verspeisen.

Abermals Würgegeräusche.

Kommt, sagt Ramm zu uns, sie ist da etwas empfindlich. Wir setzen uns wieder in die Küche. Ramm sagt, ich habe Kakerlaken gesehen, so groß wie Mäuse, in New York, in einem Luxushotel, dagegen sind dies hier kleine possierliche Tierchen.

Mögt ihr, er hielt ein Steak mit der Gabel hoch. Ich nicke tapfer, Gisela sagt mit der Bestimmtheit der Viererschlagfrau: Nein.

Verstehe. Er legt zwei Steaks in die Pfanne. Es zischt. Nie das Fleisch vorher salzen, das zieht den Saft raus. Erst muß die Oberfläche sich schließen. Darum muß die Pfanne sehr heiß sein. Ich starre auf den Rauchfang. Sonderbarerweise kommt keine Kakerlake mehr aus dem Rauchfang, obwohl jetzt noch der Geruch nach gebratenem Fleisch hochsteigt.

Kakerlaken sind äußerst vielseitige Tiere, können fliegen, laufen, tauchen. Ich glaube, sagt Ramm, die kommen nur, wenn man klopft. Warten regelrecht darauf, daß sie gerufen werden.

Die sind abgerichtet. Wißt ihr, warum?

Keine Ahnung, sage ich, während Gisela immer noch gebannt auf den Rauchfang starrt. Sie hätte jetzt einfach aufstehen und auf den Balkon gehen können. Sie hätte sagen können: Ich schöpf mal frische Luft.

Die Tierchen haben in den achtzig Jahren, seit das Haus steht, einen eigenen hausspezifischen Gencode entwickelt, der eben auf dieses Klopfen zähen deutschen Rindfleisches reagiert. Die wußten, es klopft, also gibt es etwas zu fressen. Da wurden erst von den Köchinnen, dann von Hausfrauen die Schnitzel weichgeklopft, all die Jahre, da gab es was zu essen, und dann kamen sie kritze kratze anmarschiert, ließen sich runterplumpsen, dort unten standen früher nämlich die Abfalleimer. Ramm nimmt die Steaks vom Herd, legt eines auf meinen Teller, schneidet es an, rot das Fleisch, noch blutig. Gut so?

Ja, sage ich heroisch.

Er stellt die Pfanne in den Abwasch, geht zur Anrichte, klopft mit dem Löffel kurz den Clapton-Rhythmus mit, und tatsächlich kommt sogleich eine Kakerlake, wie herbeigerufen, purzelt auf den Herd, rennt los und verwandelt sich in Rauch.

Gisela steht auf, nicht so hektisch wie Renate, aber doch zielstrebig, geht, nein, läuft aus der Küche.

Ramm ißt mit Genuß sein Steak, nickt beim Kauen bestätigend mit dem Kopf. Ich zwinge mich, nicht zum Herd zu blicken, sanft schneidet das Messer ins Fleisch, in das dunkle Braun, dann Grau, schließlich Rot, aus dem noch etwas Blut sickert. Die sitzen natürlich im Luftschacht, da kannst du streichen, wie du willst, kannst alles mit Stahl und Chrom bepflastern, die sitzen im Hausgedärm und freuen sich. Womit sie nicht rechnen, das ist diese tückische Platte, lassen sich wie eh und je fallen, in all die schönen Abfälle, statt dessen landen sie auf dieser warmen Fläche, laufen los auf ihren Füßchen, gleiten wie auf Glatteis, nur daß es plötzlich heißer wird und heißer, und schon kleben die Füßchen fest, rennen weiter, die Füßchen schmelzen, sie wollen mit ihren

Stummelflügeln auffliegen, aber da ist es schon zu spät, die Flügel von der Hitze verklebt – und dann machts nur noch ploff.

Willst du nichts vom Gratin?

Nein, danke.

Gisela ruft von der Wohnungstür: Ich muß an die frische Luft. Sie schlägt die Tür hinter sich zu. Ihr müßt, sagt Ramm, mal mitkommen, nach Lagos, und zeigt mit gespreizten Fingern die Kakerlakengröße, die wachsen, je nachdem, wieviel sie fressen. Aber da ist Gisela schon draußen. Schade.

Auch ich sage, schade, höre von fern das Weinen, nein, das Wimmern aus der Toilette.

Ich rufe: Tschüs, Renate, aber als Antwort ist nur erneutes Würgen zu hören.

Ich laufe die Treppe hinunter und atme tief durch. Gisela steht da und wartet. Die Straße ist erfüllt vom Duft der blühenden Linden.

Eine Woche später erzählte mir Gisela, Renate sei aus der Wohnung von Ramm ausgezogen. Kurz darauf ging ich nach München und Gisela nach Berlin. Seitdem haben wir uns nicht mehr gesehen.

Das Signallicht zum Einsteigen leuchtete auf, kurz danach sagte eine Lautsprecherstimme, die Maschine nach Frankfurt sei zum Einsteigen bereit. Ich sah, wie Renate das Buch wegsteckte, aufstand, ihre schwere Fototasche nahm und ganz selbstverständlich schulterte. Ich ging zu ihr, genaugenommen nur, um ihre Stimme zu hören, diese eigentümlich tiefe Stimme. Renate?

Ja, sagte sie mit dieser tiefen Stimme, und sie sah mich an, suchte in meinem Gesicht ratlos nach jemand Bekanntem.

Wir haben uns einmal bei einem Abendessen gesehen, damals in der neuen Wohnung, die Sie gerade mit Ihrem Mann bezogen hatten. Das war so eine merkwürdige Geschichte mit den Kakerlaken.

Ach herrje, sagte sie, mit dieser tiefen Stimme, und lachte ihr eigentümliches rauhes Lachen. Dann haben Sie ja gerade das Ende meiner kurzen Ehe erlebt. Vielleicht können wir uns zusammensetzen, sagte sie. Aber ich saß mit meinem Billigflugticket in der Economy-Class, und sie flog Business-Class. Zwei verschiedene Eingänge trennten uns beim Einsteigen.

Nach dem Essen und nachdem der Film IQ gezeigt worden war, kam Renate in die Economy-Class, setzte sich neben mich. Sie fragte, was ich mache. Und ich fragte sie nach Gisela. Haben Sie keinen Kontakt mehr? fragte sie.

Nein, damals, kurz nach dem Abendessen, bin ich nach München gegangen.

Gisela ist Kinderärztin in Berlin, sagte Renate, allerdings habe sie Gisela nun auch schon seit einigen Jahren nicht mehr gesehen.

Und was machen Sie?

Ich fotografiere. Ich bin Fotografin geworden. Nach dem Magister hab ich angefangen zu fotografieren, habe eine Fotoschule in Paris besucht.

Als sie mir ihren Nachnamen nannte, den Mädchennamen, den sie wieder angenommen hatte, war ich überrascht, denn ich kannte den Namen. Ich hatte schon Fotos von ihr gesehen, nur hatte ich bis dahin diesen Namen nicht mit ihr, die ich als Renatekind kennengelernt hatte, in Verbindung bringen können.

Sie reist durch die Welt und fotografiert für Time Magazine, Life, Vogue, Du und Geo Künstler, Musiker, Politiker, sie reist durch Städte, Dschungel und Wüsten. Unvorstellbar, wenn man sie damals erlebt hatte: diese betont hilflose Haltung allen Dingen gegenüber. Und so wie Gisela sie mir beschrieben hatte, ohne jede Gehässigkeit, sondern eher mit einem leisen Mitleid: Bei Überweisungen konnte sie gleich drei Postbeamte mit dem Ausfüllen des Formulars beschäftigen.

Sie stand derart verzweifelt vor ihrem Fahrrad, die Luftpumpe in der Hand, daß sich ein Auflauf von Männern bildete, die sich darum rissen, ihren Reifen aufzupumpen.

Lionel behauptete, sie sei faul, eine zielgerichtet eingesetzte Ungeschicklichkeit, die ihre Faulheit geschickt tarne. Aber Gisela sagte, nein, sie ist so. Das ist nicht Faulheit. Sie ist eben wirklich sehr zart und einfach hilflos. Der Lionel hat bei ihr nie landen können. Denn das ist sie auch, sehr konsequent.

Diese Geschichte, sagte sie, damals, mit den Kakerlaken, war ganz wichtig. Danach konnte ich jahrelang kein Kartoffelgratin mehr essen. Aber auch das hat sich gegeben, und inzwischen habe ich gesehen, wie Heuschrecken geröstet und gegessen werden, habe sogar ein ganz gutes Foto davon gemacht. Allerdings selbst eine zu essen, das hab ich dann doch nicht gebracht.

Es war für mich damals der Ausbruch aus der Ägyptischen Gefangenschaft. Ramm tat bis dahin alles, wirklich alles, was ich von ihm verlangte. Wenn ich sagte, ich will heute allein schlafen, dann legte er sich nicht ins Gästezimmer, sondern bat mich, daß er sich in den Schlafzimmerschrank setzen dürfe, um wenigstens meinen Atem zu hören. Gut. Er setzte sich in den Schrank. Die ganze liebe lange Nacht hockte er im Schrank. Er wollte mich doch atmen hören. Und er hat dann natürlich nicht geschlafen. Zwang mich aber dadurch, wie ich dann merkte, ebenfalls nicht zu schlafen, denn ich hatte immer Angst, ich könnte, was ich sonst, soweit ich weiß, nicht tue, schnarchen. Diese Vorstellung, er sitzt im Schrank und hört mich schnarchen, ließ mich einfach nicht einschlafen, so daß ich mich immer fragte, soll ich nicht einfach sagen, komm ins Bett? Aber eben das wollte ich nicht. Morgens ging er in sein Büro, unausgeschlafen, genaugenommen fix und fertig, ging aber und blieb bis in den Abend und prüfte die Produktionsabläufe der Firmen. Ich weiß nicht, was. Hat mich auch nie interessiert. Es ging immer darum, etwas einzusparen: Leute, Zeit oder einfach nur Geld. Er kam an solchen Tagen, wenn er die Nacht zuvor im Schrank gesessen hatte, nach Hause und brachte einen karmesinroten, olivgrünen, preußischblauen, bimssteingrauen Seidenschlüpfer mit, auch Korsagen, Tops – ich hätte damals eine Lingerie eröffnen können und sagte: Probier das mal an, dann ging er in die Küche und rief: Renatekind, worauf hast du heute abend Lust?

Genaugenommen wollte er, daß ich ihn bestrafe. Er wollte diese Quälerei, denn er wußte ja auch, daß ich wach liege. Er hörte das durch die Schranktür, meinen unruhigen Atem, mein unterdrücktes Hüsteln. Ich dachte immer, ein Bauch und Selbstquälerisches passen nicht zusammen. Aber das stimmt nicht. Wenn er aß und schmeckte, dann sah er aus wie ein verzogenes Kind. Ich hätte ihn schlagen können. Buchstäblich. Ich glaube, ich hätte ihn, was ich früher nie von mir gedacht hätte, geschlagen, ich hätte mich in Leder kleiden und ihn auspeitschen können. Es war etwas Quälerisches in seiner Genußsucht. Zugleich hätte er mich weiter als Renatekind gehalten.

Aber dann kam diese Geschichte mit den Kakerlaken, sagte sie, sie sei aus der Gästetoilette gekommen, und Ramm habe sie sofort, verheult wie sie war, unter dem Vorwand, sie zu trösten, geküßt, nicht etwa die Wangen, sondern habe ihr gleich die Zunge reingerammt, ihr fast die Bluse zerrissen, sie ins Bett gezogen, wo er über sie regelrecht hergefallen sei, sie, die so schwach, der so elend war, gedrängt, bedrängt, bequatscht, befingert, und wie sie dann – ihr größter Fehler – ihm nachgegeben habe, einfach aus Schwäche, weil sie glaubte, sich so ablenken zu können. Dann aber hatte sie den Eindruck, seine Haare röchen nach verbranntem Horn. Und da habe sie plötzlich würgen müssen und über seine Schulter hinweg gekotzt, was ihn aber nicht abgehalten, sondern ihn nur noch wilder gemacht habe. Ja, sagte sie: doch, er roch nach verbranntem Horn.

Heute kann ich darüber lachen, sagte sie und lachte tief, schüttelte dabei aber den Kopf. Am nächsten Morgen, Ramm war schon im Büro, bin ich aufgestanden, habe mich gründlich geduscht, meine Sachen gepackt, einen Koffer nur, habe all die gerüschten Höschen, karmesinrote, preußischblaue, lindgrüne, hellgraue, die Büstenhalter und -heber genommen, bin in die Küche gegangen, habe die Reizwäsche auf den Küchentisch geworfen, den Dijonsenf darüber ausgeleert und auch den Weißwurstsenf, denn Ramm war ein Liebhaber von Weißwürsten, habe die Herdplatte angestellt, auf Stufe III gedreht, eine Mayonnaise-Tube genommen und auf die schwarzgranitene Küchenanrichte in einer schwungvollen Mayonnaisenschrift geschrieben: Guten Rutsch!

Ich habe kurz mit den Kochlöffeln auf die Anrichte getrommelt, bin rausgelaufen, habe hinter mir die Tür zugeschlagen und stand im Freien.

Danach bin ich für zwei Monate zu meiner Mutter nach Osnabrück gezogen und habe mich später von Ramm scheiden lassen. Problemlos. Ich habe allerdings auch keine Unterhaltsforderungen gestellt. In der Kabine ging das Licht an. Es roch nach Kaffee. Bald würde das Frühstück serviert. Ich schob das Rollo hoch, und einen Moment saßen wir nebeneinander, schwiegen und blickten aus dem Fenster. Im Osten war schon ein heller Streif zu sehen, vor dem sich deutlich die Krümmung des Horizonts abzeichnete. Dort drehte sich die Erde der Sonne entgegen. Die zarten Wolkenschlieren, die weit vor uns lagen, leuchteten schon orange.

So, sagte sie und stand auf, bis nachher, wir sehen uns dann ja in Frankfurt.

Sie war schon hinter dem Vorhang zur Business-Class verschwunden, da entdeckte ich das Kissen, das sie auf dem Sitz vergessen hatte, ein handliches kleines Kissen, daran angenäht waren zwei kleine Stoffgriffe. Ich hatte gar nicht bemerkt, daß sie es mitgebracht hatte, konnte mich auch nicht entsinnen, es im Abflugraum gesehen zu haben, jedenfalls lag es jetzt da und wartete darauf, mitgenommen zu werden. Ich nahm das Kissen in die Hand, federleicht war es.

Judith Hermann *Camera obscura*

Der Künstler ist sehr klein. Marie weiß manchmal nicht, ob noch alles mit ihr in Ordnung ist, der Künstler ist viel zu klein; sie denkt: Du hast sie nicht mehr alle, meint sich selbst, vielleicht weil es Herbst wird, weil die altbekannte Unruhe beginnt, das Frösteln im Rücken, der Regen?

Der Künstler ist wirklich sehr klein. Bestimmt drei Köpfe kleiner als Marie. Er ist berühmt, in Berlin zumindest kennt ihn jeder, er macht Kunst mit dem Computer, er hat zwei Bücher geschrieben, nachts redet er manchmal im Radio. Der Künstler ist zudem noch häßlich. Er hat einen ganz kleinen, proletarischen Kopf, er ist sehr dunkel, manche Leute sagen, er hätte spanisches Blut. Sein Mund ist unglaublich schmal. Nicht vorhanden. Seine Augen aber sind schön, ganz schwarz und groß, meist hält er sich beim Reden so die Hand vors Gesicht, daß man nur diese Augen sehen kann. Der Künstler ist katastrophal angezogen. Er trägt zerrissene Jeans – in Kindergröße, denkt Marie –, immer eine grüne Jacke, immer Turnschuhe. Ums linke Handgelenk hat er ein schwarzes Lederband geknüpft. Manche Leute sagen, der Künstler sei trotz allem unglaublich intelligent.

Marie will was von dem Künstler. Was sie von ihm will, weiß sie nicht. Vielleicht den Glanz seiner Berühmtheit. Vielleicht noch schöner sein neben einem häßlichen Menschen. Vielleicht eindringen, zerstörerisch, in eine scheinbare Ungerührtheit. Marie fragt sich ernsthaft, ob mit ihr noch alles in Ordnung ist. Sehen sie nicht doch eher lächerlich aus zusammen? Marie hat immer nur mit schönen Menschen zusammen sein wollen. Es ist gruselig, zu einem Mann hinunterschauen zu müssen. Es ist gruselig, sich vorzustellen, wie das sein soll, wenn ... Trotzdem will Marie.

Am allerersten Abend küssen sie sich. Oder besser, küßt Marie den Künstler. Er steht plötzlich vor ihr, auf diesem Fest, zwischen all den Berliner Berühmtheiten, und Marie weiß nicht zu entscheiden, welcher Berühmtheit sie an diesem Abend ihren langen, langen Blick zuerst schenken soll. Der Künstler bietet sich an. Er steht plötzlich vor ihr, mit diesen schönen, schwarzen Augen, und Marie, die ihn im Fernsehen gesehen hat, erkennt ihn sofort. Er gießt ihr unentwegt Wodka ins Glas und stellt schwierige Fragen. Was ist glücklich sein für dich. Hast du schon einmal jemanden verraten. Ist es dir unangenehm, wenn du etwas nur wegen deines Äußeren erreichst.

Marie trinkt Wodka, ist zögerlich, sagt – Glück ist immer der Moment davor. Die Sekunde vor dem Moment, in dem ich eigentlich glücklich sein sollte, in dieser Sekunde bin ich glücklich und weiß es nicht. Ich habe schon viele Menschen verraten, glaube ich. Und ich finde es schön, Dinge wegen meines Äußeren zu erreichen.

Der Künstler starrt sie an. Marie starrt zurück, das kann sie gut. Um sie herum werden die Leute unruhig, der Künstler ist tatsächlich zu klein und zu häßlich. Eher aus Trotz als aus Solidarität beugt sich Marie herunter, nimmt den Kopf des Künstlers in beide Hände und küßt ihn auf den Mund. Er küßt sie zurück, selbstverständlich. Dann gibt Marie ihm ihre Telefonnummer und geht, spürt erst draußen an der kalten und klaren Nachtluft, wie betrunken sie eigentlich ist.

Der Künstler wartet drei Tage lang, dann ruft er sie an. Hat er tatsächlich – gewartet? Marie nimmt das an. Sie verbringen einen Abend in einer Bar, in der Marie friert und Schwächeanfälle bekommt, weil der Künstler sie ununterbrochen ansieht und sich nicht unterhalten will. Sie gehen an einem Vormittag im Park spazieren, der Künstler trägt eine schicke Sonnenbrille, die Marie gefällt. Sie sitzen einen Nachmittag lang im Café, Marie erzählt ein wenig von sich, ansonsten schweigt sie, der Künstler sagt, er würde Gespräche auf einer Metaebene nicht mögen.

Marie weiß nicht, was eine Metaebene sein soll. Wenn sie sich mit ihm trifft, zieht sie sich das einzige Paar flacher Schuhe an, das sie besitzt, der Größenunterschied zwischen ihnen ist ihr peinlich. Es ist Herbst. Durchs geöffnete Fenster von Maries Zimmer taumeln sterbende Wespen herein. Marie friert und trägt Handschuhe, die Tage sind schon kurz, und sie ist sehr oft müde. Manchmal legt sie den Kopf in den Nacken und versucht, perlend zu lachen. Es geht nicht richtig. Einmal fragt der Künstler, ob sie irgendwann mit ihm zwei Tage an die Ostsee fahren wolle. Marie sagt: Ja, denkt an Orte wie Ahlbeck, Fischland und Hiddensee, an den langen, weißen, winterlichen Strand, an Muscheln und ein unbewegtes Meer. Sie denkt nicht an den Künstler. Sie steht am Fenster, eine Tasse mit kaltem Tee in der Hand, und starrt auf die Straße. Sie ist verwirrt in diesen Tagen, steckt sich die glühende Zigarette falsch herum in den Mund, läßt den Wasserhahn laufen, verliert ihr Schlüsselbund. Einmal ruft der Künstler an und sagt tatsächlich: Ich liebe dich. Marie hockt auf dem Boden, den Telefonhörer zwischen Kopf und Schulter geklemmt, und schaut in den Spiegel. Sie macht die Augen langsam zu und langsam wieder auf. Der Künstler sagt jetzt nichts mehr, aber sie hört ihn atmen, leise, regelmäßig, ruhig. Er ist nicht aufgeregt. Marie auch nicht. Wiederum sagt sie: Ja, es wundert sie, daß das so schnell kommt. Der Künstler legt auf.

Wenn Marie an seine Augen denkt, spürt sie ein Ziehen im Rücken. Seine Augen sind wirklich schön. Sie wartet nicht darauf, daß er anruft, sie weiß, er wird anrufen. Der Künstler scheint mit seiner Zwergenhaftigkeit ganz zufrieden zu sein. Er unterstreicht sie, indem er sich zappelig und clownesk bewegt, er geht wie ein Zinnsoldat, manchmal macht er mitten auf der Straße einen Handstand, schneidet Grimassen, zaubert Geldstücke in sein Ohr hinein und aus der Nase wieder heraus. Er hat Marie seit dem Kuß auf dem Fest nie wieder berührt. Sie ihn auch nicht. Wenn sie sich verabschieden, tut er so, als würde er seine Hand auf ihren Arm legen, aber er zieht sie im letzten Moment immer wieder zurück. Was ist wenn du meinen Blick so lange erwiderst, fragt er, Marie antwortet: Nähe, Aggression. Sexualität auch, Einverständnis. Sie weiß nicht, ob das stimmt. Der Künstler kann nicht lächeln. Wenn er meint, zu lächeln, kneift er doch nur die Augen zu schmalen Schlitzen zusammen und zieht die Mundwinkel empor. Marie findet das nicht überzeugend, und sie sagt es ihm, Triumph in der Stimme. Kann sein, sagt der Künstler und sieht zum ersten Mal verletzt aus.

Einmal, nachts, in einem Café, da ist Marie schon sehr betrunken, fragt sie ihn, ob er daran denken würde, mit ihr ins Bett zu gehen. Sie weiß, daß das falsch ist, aber sie kann die Frage nicht zurückhalten, seit Tagen schon möchte sie das fragen. Der Künstler sagt: Es hat sicher Frauen gegeben, bei denen ich es eher darauf angelegt habe. Marie ist empört, verschränkt die Arme vor der Brust und beschließt, jetzt überhaupt nichts mehr zu sagen. Der Künstler trinkt Wein, raucht, schaut sie an, sagt dann: Besser, du gehst jetzt, und Marie fährt auf ihrem Fahrrad nach Hause, sehr wütend.

Danach ruft sie ihn an. Ich habe keine Lust, mich von dir beobachten zu lassen, sagt der Künstler, ist aber dennoch bereit, sie zu sehen. Er erinnert Marie in gewisser Weise an ein Tier. Ein Tierchen. Ein kleines, schwarzes, behaartes, unheimliches Äffchen. Sie stellt die flachen Schuhe in den Schrank, zieht die hochhackigen Stiefel an und fährt mit dem Fahrrad zum ersten Mal in seine Wohnung.

Der Künstler öffnet ihr erst nach dem dritten Klingeln die Tür, er trägt seine Turnschuhe, seine zerrissene Jeans, seinen schwarzen Pullover. Er hat Marie einmal erzählt, daß er sich immer fünfzehn kleine Pullover auf einen Schlag kaufen und diese dann alle schwarz einfärben würde. In der Wohnung ist es warm. Seltsam aufgeräumt und ordentlich. Orange gestrichene Wände, Unmengen von Büchern, CDs, Schallplatten. Möchtest du Tee, fragt der Künstler, ja, sagt Marie und setzt sich an seinem Schreibtisch, der nicht am Fenster, sondern an der hinteren Zimmerwand steht, auf den einzigen Stuhl. Über dem Tisch an die Wand gepinnte Postkarten, Zeitungscomics, Fotos, Briefe. Schichten von kleinen, übereinanderhängenden Papieren. Der Künstler irgendwo im Süden, ein blondes, pausbäckiges Kind auf dem Arm. Spielpläne von Theatern, eine Buchkritik, säuberlich ausgeschnitten. Ein Streifen Paßfotos, der Künstler, weil zu klein, von oben, das Blitzlicht als einen weißen Fleck auf der Stirn. Ein Satz, im Großdruck auf gelbem Papier: »In den Zeiten des Verrats sind die Landschaften schön.« In der Küche klappert der Künstler mit Tassen herum, Marie beißt sich auf die Unterlippe, ist befangen und nervös. Sie hört seine näherkommenden Schritte auf dem Korkteppich knistern, dreht sich zu ihm herum, setzt ein steifes Lächeln auf. Der Künstler stellt die Tassen auf der Glasplatte des Schreibtisches ab, fragt: Musik? Marie zuckt mit den Schultern, klammert sich an ihre Tasse, der Künstler legt eine CD ein. In den Lautsprecherboxen knackt es, Polly Jane Harveys Stimme kommt von sehr fern– Is that all there is? Depressionsmusik, denkt Marie und überlegt, ob sie das jetzt laut sagen sollte. Der Künstler kreist um sie herum, er sieht sehr selbstzufrieden und sicher aus, er beobachtet sie und zieht ein spöttisches Gesicht. Marie räuspert sich. Der Künstler sagt: Wie wärs mit ein bißchen Internet? Marie antwortet: Davon verstehe ich nichts, der Künstler sagt sehr freundlich: Das macht nichts.

Er schaltet seinen Computer ein, es sirrt leise, das Schwarz des Bildschirms springt über in ein helles, klares Blau. Ein lächelnder Miniaturcomputer erscheint, auf dem linken unteren Rand des Bildschirms klappen sich verschiedene kleine Symbole auf. Marie verdreht die Hände im Schoß und ist sehr verlegen. Der Künstler bedient Tasten, kreist sachte mit der Maus herum, zieht hinter dem Computer eine faustgroße, graue Kugel hervor, in deren Mitte ein schwarzglänzendes Auge sitzt. Er stellt die Kugel in die Mitte des Schreibtisches und richtet ihr schwarzglänzendes Auge direkt auf Maries Gesicht. Marie starrt die Kugel an, der Künstler kreist sachte mit der Maus herum, der Bildschirm wird weiß. Auf seinem linken, oberen Rand erscheinen jetzt helle und dunkelgraue winzige Quadrate, ein Raster aus kleinen Punkten, das sich stumm und geschwind über die Bildfläche ergießt. Maries Scheitel, Maries Stirn, Maries Augenbrauen, ihre Augen, ihre Nase, Mund, Kinn, Hals, Brustansatz, ein schwarzweißes, unheimliches Mariegesicht.

Das ist gräßlich, sagt Marie. Das Mariegesicht auf dem Bildschirm wiederholt zeitverzögert und lautlos: Das ist gräßlich, klappt Augen und Mund auf und zu, fischig, gruselig, schrecklich. Es ist nur unausgereift, sagt der Künstler, tippt ein wenig auf der Computertastatur herum, das Mariegesicht wird schärfer und klarer in den Konturen, im Hintergrund erscheint die rechte Bücherwand des Zimmers, das Fenster, der Himmel draußen, auf dem Bildschirm grau, grau auch in Wirklichkeit. Man kann schon fast alles damit filmen, sagt der Künstler, lächelt Marie unüberzeugend und freundlich an, Marie lächelt unüberzeugt zurück. Es ist still. Marie hält dem Blick des Künstlers, der jetzt nicht mehr lächelt, stand. Zwischen seinen Augenbrauen wächst ein drittes, schwarzes und schönes Auge heraus. Marie blinzelt, und das Auge verschwindet wieder. Der Computer rauscht, Marie wagt es nicht, auf die Bildfläche zu schauen, sie hat Angst vor dem unheimlichen und grauen Mariegesicht. Der Korkteppich knistert, weil der Künstler jetzt auf sie zukommt. Marie drückt ihren Rücken gegen die Lehne des Stuhls und starrt unverwandt in die Künstleraugen, als könne sie so das Schreckliche abwenden. Der Künstler legt seine rechte Hand an Maries Wange, die

Hand ist kühl und weich. Marie macht ganz kurz die Augen zu. Dann ist sein Gesicht direkt vor ihrem, Marie hört auf zu atmen, und er küßt sie auf den Mund. Marie ist sehr nüchtern. Er ist es wohl auch. Auf dem Bildschirm des Computers erscheint der Kuß, zeitverzögert und lautlos, graue Wiederholung eines Augenblicks. Marie schaut jetzt doch hin, am Gesicht, an den geschlossenen Augen des Künstlers vorbei auf den Bildschirm, auf dem sich sein Gesicht an ihres schmiegt, ihr Gesicht verdrängt, sie die Augen öffnet, in Schwarzweiß.

Etwas dreht sich in Maries Kopf. Der Künstler atmet, drängt sich an Marie heran, drängt seine Hand um ihren Nacken, ihren Rücken hinunter, unter ihr Kleid. Marie ist konzentriert. Anstatt sich selbst, wie sonst immer, von oben aus einer Art Vogelperspektive zu sehen, sieht sie auf den Bildschirm, auf diese schweigende, fremde Verknotung zweier Menschen, und das ist seltsam. Im Zimmer ist es warm. Über dem Schreibtisch hängen Schichten von kleinen Papieren, der Künstler irgendwo im Süden, ein blondes, pausbäckiges Kind auf dem Arm. Es ist schade, denkt Marie, daß man die Dinge immer nur einmal zum ersten Mal sieht.

Der Künstler zieht Marie vom Stuhl hinunter auf den Boden. Marie hat irgendwann nur noch ihre hochhackigen Stiefel an, und dann auch diese nicht mehr. Auf der Bildfläche des Computers ist eine Bücherwand zu sehen, die Rückenlehne eines leeren Stuhls, ein Fenster, draußen ein dunklerer Himmel.

Katharina Hacker *Tanten*

Vor drei Jahren waren Teile des Putzes abgeschlagen worden. Als das Haus auf den ursprünglichen Eigentümer rückübertragen war, ließ die Wohnungsbaugesellschaft alle Sanierungsarbeiten stoppen; sie wurden nicht wieder aufgenommen. Links und rechts wurden Gebäude ungefähr in Stand gesetzt, einzig das Haus Nummer 57 veränderte sich, nachdem das Gerüst entfernt war, nicht mehr, stand unbeachtet, als wüßte keiner, wem es gehörte, wie lange dort noch Leute wohnen sollten. Ein verpatzter Sommer, dachte Paul, als er aus der S-Bahn stieg. Er ging den Bahnsteig entlang, las auf einer Tafel zwei Straßennamen, suchte den passenden Ausgang, wußte sich ohne Stadtplan nicht zu behelfen. Vor dem Glaskasten hockten Hund und Mann, schauten nicht auf, stierten wortlos an ihm vorbei. Paul fröstelte im scharfen Luftzug, der durch den Gang blies. Es waren nicht mehr als zehn Fußminuten bis zu der Adresse, die er auf einen Zettel notiert hatte. Nur eine Brandmauer, schien ihm zuerst; eine bloße Vorrichtung, eine Fassade ohne Funktion, Überrest aus einer früheren Angelegenheit, die im Sande verlaufen war, so stand die Mauer da, als Paul zum ersten Mal, die Hausnummern rechts und links ablesend, daran emporschaute. Wie eine Brandmauer, dachte Paul, obwohl es doch Fenster genug gibt. Gegenüber fehlten drei Häuser, eine Brache zog sich etwa hundert Meter in die Tiefe, bevor eine Zeile Wohnblöcke aus den Fünfziger Jahren sie stoppte.

Alte Leute rannten mit gleichgültigen oder wütenden Gesichtern, Einkaufstüten in der Hand aus den Häusern, ohne sich umzudrehen, ohne sich umzusehen, als hätten sie beschlossen, daß sie niemanden kannten, niemanden von den Nachbarn, mit denen sie seit Jahrzehnten Straße und Wohnhäuser teilten, keinen der wenigen Zugezogenen, die sich billiger Wohnungen wegen hierher verirrt hatten.

Keine Kaufläden außer einem Spätkauf zwei Ecken weiter, ein Briefkasten mit Sonntagsleerung, der für die große Tasche des Postfahrers sicher nie mehr als fünf, sechs Briefe hergab.

Eine von diesen Straßen, erzählte er seiner Freundin Rita abends, in denen alle Leute häßlich sind, nichts, kein Haus, kein Gesicht, das du dir gerne anschaust. Ein paar Autos stehen da, die aussehen, als würden sie gar nicht benutzt, ich habe niemanden aus- oder einsteigen sehen. Du übertreibst, sagte Rita gelangweilt.

Was für ein trostloser Sommer, dachte Paul, als er sich zum zweiten Mal aufmachte, mit der S-Bahn Richtung Osten fuhr. Vor dem Bahnhof stand ein schmutziger Kiosk, Bierflaschen im Schaufenster, Super Illu, ein paar Kassetten (aber wer hört noch Kassetten?), ein Schild mit der Aufschrift Curry Wurst. Den Weg vom Bahnhof fand er schon mühelos, und wie beim ersten Mal regnete es, verregneter Frühsommer, kalt für die Jahreszeit.

Drei Wochen später waren die Tage noch immer kühl. Wenn er aus dem Haus Nummer 57 trat, begann es zu regnen, fast jedesmal. Außer ihm schien niemand dort ein- und auszugehen, das Treppenhaus leer, der Hof, in dem zwei Müllcontainer standen, ebenfalls leer, die Tüte mit dem Abfall seiner Tante die einzige. Umso erstaunter war er, als – war es der neunte oder zehnte Besuch? – eine junge Frau an ihm vorbei- und die Treppen hinauflief.

Vor dem Haus, vom überspringenden Dach einigermaßen geschützt, stellte er sich unter, den schlimmsten Guß abzuwarten. Stand dort noch immer, als der Regen nachließ, die junge Frau heraustrat, mit einem zögernden Gruß sich zu ihm stellte.

Sie warteten nebeneinander an der Wand, die Rücken an

Überbleibsel schmutzig-grauen Putzes gelehnt, seine Hand tastete über Beulen, Risse, ein Tag mit dick verhangenem Himmel, an dessen verregneter Gelassenheit alles stumpf wurde.

Eine Woche darauf treffen sie sich im Hauseingang, treten nebeneinander auf die sonnige, leere Straße, bleiben stehen, lehnen – als folgten sie einer selbstverständlichen Verabredung – nebeneinander an der Hauswand, im Geruch trocknenden Staubes. Wie es der Zufall will, denkt er spöttisch, sieht aus den Augenwinkeln ihre helle, schlecht sitzende Hose und seine Jeans, nicht die sauberste, zerbeult, und Kleinigkeiten, wie daß sie den untersten Knopf ihrer blaßblauen Bluse nicht zugeknöpft hat (oder ist er aufgegangen?). Plötzlich ist er sicher, daß nichts, aber auch gar nichts mehr – obwohl ihnen doch gerade der Zufall zu Hilfe gekommen ist: zufällig hat er Antonia getroffen – ohne weiteres geschehen wird. Ohne weiteres, wie sich fast nie Dinge fügen und manchmal eben doch, Luftlöcher zwischen sich unendlich türmenden Wolken.

Im nächsten Regen treten wieder dunkelrote Streifen aus der feuchten Fläche, verfilzt in der Nässe die Oberfläche des Mauerwerks, er riecht daran, keiner ist auf der Straße oder im Hof, die Fenster geschlossen, es riecht nach Fäulnis, bildet er sich ein. Dann hört er die Haustür, erkennt, ohne sich umzudrehen, Antonias Schritte.

Zufall, daß sie sich hier treffen, sie besucht jemanden, er besucht jemanden im Haus, beide wohnen sie anderswo. Beide besuchen sie Verwandte: eine alte Tante, eine alte Tante.

Morgens, erzählt sie, lehnt ihre Tante in einem zerschlissenen Bademantel am Fenster, schaut auf die Straße, die Ellenbogen aufgestützt.

Antonias Finger streichen über die rauhe Haut ihres Ellenbogens. Er stellt sich ein kleines Kissen vor, blauer Samt mit einer dunklen Borte. Noch immer regnet es, Antonia erzählt.

Sie ist eine Erbin. Von ihrer Tante erbt sie das Haus. Ihre Tante stirbt seit einem Jahr, nicht mühevoll, sondern langsam, entschieden, obenhin, mit einem hochmütigen Lächeln, wenn sie an die feuchten Flecken auf der Matratze denkt, an die zerschlissenen Vorhänge, die Ärmlichkeit ihres gesamten Lebens. Antonia ist die Erbin. Die Tante fordert, was solcher Lohn verdient: Und ihre Nichte kauft ein, kauft kleine Kissen, Deckchen, kauft Lilien, Parfüm, Pralinen, all das ohne Verwendung, aufgebahrt auf einer Kommode, im Blick der Tante. Dazu eine winzig kleine Kamera, mit der die Tante ihr eigenes Gesicht fotografiert, mehrmals täglich, und jede Woche einmal ihre Nichte.

Ein kalter, regnerischer Sommer, in dem einige Tage überklar sind, ausgebrannt die Schlacken des Lichts bis auf den letzten Rest, so daß die Gegenstände (das bunte Metall der Autos vorm Haus) wie im Zorn aus ihren Umrandungen springen.

Unbarmherzig, sagt ihre Tante an diesen Tagen, zieh' die Vorhänge zu; poröser, vormals weißer Stoff, wie ihre Tante, vormals weiße Wände, vormals weiße Hände, sagt. Sie sagt, es habe Ursachen, vielerlei Ursachen.

Ich hatte zehn Liebhaber in meinem Leben. Sie stiegen durch meinen Körper wie Kinder durch Dachluken und suchten das Freie. Ich streckte die Beine aus, wenn sie fort waren, als wäre ich länger geworden, streckte die Arme aus, um meinen eigenen Körper nicht zu berühren, spreizte die Finger in aller einsamen Unschuld; danach reichte ich drei Tage lang keinem die Hand.

– Was redet meine Tante so? fragt Antonia.

– Sie will auch, antwortet er, durch die Dachluke ihres Körpers ins Freie.

In Gedanken spricht er weiter. Ich träume von dir: du liegst neben mir, unter mir, ich bitte dich, deine Beine um meinen Rücken zu schlingen. Es geht dir doch gut bei mir, denke ich, aber du weinst bitterlich, da sehe ich, daß auf deinem Körper rote Pusteln wachsen und ich küsse sie, jede einzelne. Muß ich mich bei dir entschuldigen für das, was ich träume?

Sie lehnen nebeneinander an der Hausmauer. Warte, will er sagen, ich klopfe dir den Rücken sauber, deine Jacke ist voller weißer Flecken, Kalkbröckchen, wie Insekten, die sich festsaugen. Doch er unterläßt es. Ein Alter geht an ihnen vorbei, in der einen Hand eine Einkaufstüte, in der anderen einen Stock. Der rechte Fuß ist unförmig angeschwollen, der rechte Schuh klafft offen. Sie sehen sich nicht an.

Antonia, dreißig Jahre alt, ein Meter dreiundsiebzig groß, schlank, graue Augen. Blond, dunkelblond. Keine besonderen Kennzeichen. Normal, normal, beharrt sie, wenn Paul neben ihr lehnt, die Augen schließt, sein Spiel spielt.

– Sag mir, wie du aussiehst.

Pauls Tante ist blind. Sie wohnt im ersten Stock, hinter den Fenstern, unter denen sie lehnen. Eine zusammengeschnurrte Person mit fiebrig glänzenden Augen, einem tausendfach gefältelten Gesicht, in dem alles winzig ist, die Nase, der Mund, Stirn und Kinn.

– Meine Mutter hat mich zu ihr geschickt. Sie hat angerufen und gesagt, wir haben im Osten eine Tante. Sie wohnt da und da, ist blind, und du mußt zu ihr gehen. Sie war vor zwanzig Jahren zu Besuch bei uns, wir haben ihr Pakete geschickt. Sie ist deine Großtante, ich habe keine Zeit, nach Berlin zu fahren, sie ist krank. Du brauchst Geld, ich gebe es dir, wenn du dich um sie kümmerst.

Wie siehst du aus? fragt die Tante Paul beim ersten Besuch, beim zweiten, dritten Besuch und jedesmal. Behende bewegt sie sich auf Stiefeletten durch die Zimmer, sucht etwas in der Anrichte, im Schrank, in der ersten, zweiten, dritten Kommode, dunkelbraune Gründerzeitmöbel. Ich suche eine Blumenvase. Blumenvasen passen nie. Paul gewöhnt sich an, ihr Blumen mitzubringen. Er sieht den Strauß nie wieder, übergibt ihn ihr, sie läßt im Bad das Waschbecken vollaufen, legt die Blumen hinein. Das mache ich später. Sucht eine Vase, passende Größe, passende Form, passende Farbe, welche Farbe genau haben die Pfingstrosen, die Rosen, die Lilien? Beim nächsten Besuch – und sei es tags darauf – ist der Blumenstrauß verschwunden. Er schaut sich unauffällig um, ihr Gesicht folgt jeder seiner Bewegungen. Suchst du etwas? Er verneint.

– Oft bleibt sie vorm Spiegel stehen, erzählt er Antonia. Sie postiert sich vor dem Spiegel und schaut sich gerade in die Augen. Es ist immer dasselbe, sagt sie dann, erst hat man ein falsches Gesicht, und wenn man endlich das richtige hat, sieht man es nicht mehr. Wie siehst du aus?

– Ich weiß nicht, wo sie die Blumen verschwinden läßt, erklärt er Antonia, im Müll habe ich nachgeschaut.

Er ist schlaksig, sein Gesicht mit der zu großen Nase und dem breiten Mund unter den dicken, schwarzen Augenbrauen schwermütig. Dunkelbraune Augen. Eine Narbe auf der Stirn, oberhalb der rechten Augenbraue, eine zweite am Kinn. Treppenfallen, Rollerfahren, sagt er der Tante. Mehr Narben an Knien und Unterschenkeln; Stacheldraht und Scherben auf der Straße, sagt er, jede Menge besonderer Kennzeichen, wenn man die Narben nicht entfernen lassen könnte, oder doch beinahe. Nicht hübsch, antwortet er seiner Tante und hat ihr Foto als junge Frau im Blick, großäugig, weich, oder tut sie nur verträumt? Daneben der helle Fleck, an dem das Foto ihres Mannes hing. Tote läßt man nicht an der Wand hängen, sagt sie, weil sie seinem Blick gefolgt ist. Es ist gut, wenn du oft kommst, sagt sie, dann sehe ich wieder mehr, – obwohl ich mich nicht an dein Gesicht erinnere. Wie siehst du aus?

– So ist das, faßt Paul zusammen. Deswegen bin ich alle paar Tage hier.

Aber das stimmt nicht. So stimmt es nicht mehr. Er wartet auf Antonia.

Über den Fenstern springt das Dach einen Meter hervor und schützt die beiden vor dem Regen. Nur wenn der Wind aus einer bestimmten Richtung kommt (Nordosten? Nordwesten?), treibt er den Regen gegen die Mauer.

Sie grüßen sich mit einem Nicken. Vier Hände in Jackentaschen, zwei helle Regenjacken nebeneinander, die Taschen, die Hände allerdings nicht in gleicher Höhe.

Antonias Tante hat im Frühsommer angerufen. Du bist meine Erbin, also mußt du mich diesen Sommer über besuchen. Alles hat seine Ordnung. Es dauert nur diesen Sommer. Du erbst alles, du erbst das Haus. Ich möchte, daß meine zehn Liebhaber zu meiner Beerdigung kommen. Solange sie am Leben sind. Sie leben alle noch. Ich habe sie nicht aus den Augen gelassen. Alle haben sie geheiratet. Du bekommst das Haus, wenn du nicht heiratest, bevor ich tot bin. Nein, antwortete Antonia überrascht, ich wüßte gar nicht, wen. Aber wieso diesen Sommer, wieso willst du in diesem Sommer sterben?

– Sie redet vom Tod wie von einem Paar Pantoffeln, sagt Antonia. Wenn du kommst, sagt sie, wenn ich komme, und jemanden triffst, dann sage, meine Tante wartet auf den Tod. Ich will, daß der Tod mich holt. Wenn ich alt werde und krank und das Bewußtsein verliere, stirbt man wie ein Tier. Ich bin kein Tier. Der Tod soll kommen und mich holen. Das ist das mindeste.

– Halt, sagt Paul, was sagst du und was sagt sie?

– Das ist das mindeste.

– Laß uns in ein Café gehen, schlägt Paul vor, als es einmal nicht regnet (der Himmel niedrig bedeckt, mit fahrenden Wolken, groß wie Güterzüge). – Es ist windig hier.

Aus den Augenwinkeln sieht er, daß sie friert, kleine, unvorhersehbare Bewegungen ihrer Schultern. Bei jeder Bewegung ist ihm bange: ob sie sich von ihm entfernen, ob sie ihn berühren wird?

Sie schüttelt den Kopf. Kein Café. Auf der gegenüberliegenden Straßenseite die Brache, Brennesseln, Holunder, ein paar magere Stämmchen (Vogelbeere, Akazie, Essigbaum), ein Brombeergesträuch. Früher hätten sie, denkt Paul, ein Zelt, sogar eine Hütte gebaut, einen Unterstand jedenfalls, mit Stuhlkisten, Tischkiste, und jetzt, denkt Paul, vielleicht mit einem Bett.

Spitznasig, mädchenhaft, frierend steht sie neben ihm. Sie hat den Kragen ihrer hellen Regenjacke hochgeschlagen, dünner, fester Stoff, fleckenlos, vor der maroden Hausmauer, auf dem unebenen Bürgersteig mit zerbrochenen Platten, Sprüngen, kleinen Senken, in denen Wasser steht, zu elegant.

Er fragt sie, wo sie wohnt. Sie wohnt im Westen, in Charlottenburg. Sie fragt ihn, wo er wohnt. Er wohnt im Westen, Kreuzberg. Wenn sie nicht mit dem Fahrrad (bei schönem Wetter, oder wenn es doch wenigstens nicht gießt, sagt sie) oder mit ihrem Auto (ein Citroên, den sie von ihrem Vater bekommen hat) führe, könnten sie ein Stück gemeinsam mit der S-Bahn fahren. Warum fragt sie nicht, ob sie ihn mitnehmen soll? Es fängt an zu regnen, die Temperatur ist auf 13 Grad gefallen, sie läuft zum Auto, holt einen Pulli. Er hält ihre Jacke, während sie hineinschlüpft. Unter dem eng anliegenden langärmeligen T-Shirt zeichnen sich ihre Rippen ab. (Welche Farbe? überlegt er abends in seiner Wohnung. Ein mattes, dunkles Blaugrün.)

Ein andermal hält sie einen zweiten Pullover (graubraun gemustert, häßlicher Winterpulli) in der Hand, streckt ihn zögernd Paul hin.

Er nimmt den Pullover, riecht daran, nicht ihr Geruch, denkt er, aber er zieht ihn an, reibt ihn an seinem Körper, damit sein eigener Geruch daran haften soll. Vielleicht zieht sie später (wenn es abends kälter wird) den Pullover selbst an. Oder gehört er ihrem Freund?

– Hast du ... Er unterbricht sich. Sie sieht ihn direkt an und wieder weg und fragt nicht nach. Aber wie lange stehen sie da? Länger, als es der Regen fordert. Ihre Hände spielen mit den

Henkeln einer leeren Einkaufstasche. Sie hat es nicht eilig. Wenn sie ihn trifft, hat sie es nicht eilig, denkt er.

Aus dem Fenster beobachtet er einmal, wie sie aus dem Haus tritt, sich nach ihm umsieht, hastig durch den Nieselregen zu ihrem Auto läuft. Warum niemals ein Regenschirm?

Er könnte rufen. Aber da er nicht da ist, als sie sich nach ihm umschaut, treten die Ordnungen ihrer Zeit in Kraft. Die Fahrt in den Westteil der Stadt, durch die ganze Stadt hindurch, die gereizte Enge des Berufsverkehrs (er schaut auf die Uhr, halb vier Uhr ist es), das Bedürfnis, diese Enge abzuschütteln, diesen Lärm, und im Kopf der nächste Termin, eine Verabredung, ein Telefonat, stellt er sich vor. Ihre genaue Adresse, die sie ansteuert, ohne auf den Weg achten zu müssen. Die Wohnungsschlüssel. Den Hausschlüssel ihrer Tante trägt sie an einem extra Schlüsselbund.

Zwei Schlüssel, Hausschlüssel, Wohnungsschlüssel, Briefkastenschlüssel, einer mit einem grünen Bart, um einen anderen ein schwarzer Plastikring, Antonia hält sie lose in der Hand, sie fallen, er hebt sie wieder auf, gibt sie ihr, wie er ihr den Pullover zurückgegeben hat.

Wie oft wiederholt sich diese Szene? Er ist versucht, die Zeit zu stoppen. Dreißig Sekunden für diesen Vorgang oder mehr? Wie lange dauert es, wenn sie ihn dabei anschaut? Du warst lange nicht mehr da, sagt seine Tante still. Vorgestern war er da, will er sie erinnern und unterläßt es. Das ist so mit der Zeit, fängt seine Tante an. Setz dich dort auf den Stuhl. Diesen Stuhl gab es vorher und nachher auch. Ihr Hals zittert, die Haut sinkt auf die Adern, wie knochenlos, der Hals, als wären da nur Gurgel, Knorpel, Bläue. Paul atmet zu laut. Die Zeit verschwimmt zu Farben, Wasser, Mitleid, feuchtem Brot. Immer legt er das Brot ins Wasser, klagt seine Tante. Er hat keine Zähne mehr. Die Fußnägel wachsen, Haare, die Fingernägel wachsen, nur Zähne wachsen keinem nach. Man legt sich nicht in fremder Leute Grab, aber er ist nie vor etwas zurückgeschreckt. So wie du, ihr seid nicht besser als der andere. Einer nicht besser als der andere, korrigiert Paul unhörbar.

– Was hast du mit Antonia, was willst du mit der alten Frau? Sie ist längst tot.

– Wie bitte?

– Die Alte oben. Ich treffe sie im Treppenhaus. Herbert hat ihr Augen gemacht, da war ich noch nicht blind.

– Heißt sie Antonia? fragt Paul.

– Das lügst du, fährt seine Tante auf. Du besuchst sie jeden Tag. Ich sehe euch, wie ihr vor dem Haus steht, und sie tut wie eine junge Frau.

– Das ist Antonia, sagt Paul.

Er verbietet sich, an sie zu denken, wenn er zu Hause ist. Zwei-Zimmer-Wohnung im vierten Stock. Seine Freundin wohnt ein paar Häuser weiter, Laufentfernung fünf Minuten allenfalls, ihr gemeinsames Bett steht bei ihm, ein blaues Bett, der Rahmen blau, an der Decke blaue Flecken, wie aus einem Tintenfaß gelaufen, keine Wolken, für wie dumm hältst du mich. Sie hat die Decke angemalt. Sie ist Malerin. Soll ich uns porträtieren? Aber dann doch lieber die königsblauen Flecken, dunkler als das Bett, und dunkelblaue Bettwäsche. Wie entzückt er anfangs war, wenn sie müde und verdreckt durch die Tür stolperte und in Kleidern, die nach Terpentin und Farbe rochen, Farbe und Terpentin, aufs Bett fiel, um im Liegen, mit den Armen, den Beinen strampelnd, die Kleider aufzuknöpfen, abzustreifen. Ich schlafe bei dir. Kurze, rundliche, schön geformte Arme und Beine, und ihre Lust, Champagner zu trinken, jeden Abend am liebsten, wenn man so heißt wie ich, Rita, Bauernname, Tölpel und Dorftrottel und Landschönheiten. Ihre Wohnung ein riesiger Raum, Atelier mit Sofa, Dusche, Herdplatte, sie verschwindet jetzt tagelang, geht nicht ans Telefon, öffnet die Tür nicht, ist vielleicht nicht da, sondern anderswo. Wie viel leichter es war, als er noch arbeitete, selbsternannter Graphiker, angestellt in einem kleinen Büro, und lustig, fünf Männer, eine Frau, in seinem Alter oder jünger, und wieviel Spaß sie hatten, zehn Stunden, zwölf Stunden, todmüde danach, was nicht hinderte, daß sie Pleite gingen, die Computer gepfändet, Schimpf, Schande und Schulden. Rita merkte es mit zwei Wochen Verspätung. Kein Champagner mehr. Paul bekam es mit der Angst. Er hatte keine Ausbildung. Er fand keinen Job.

Wir hatten eine Glückszeit, möchte Paul Antonia erklären, die von all dem nichts weiß und nach nichts fragt. Eine ganze Zeit lang waren wir glücklich. Wir konnten täglich darauf warten: Man stellt sich ans Fenster, schaut die Straße hinunter, wartet. Man dreht sich um, den Rücken hin zum Fenster, damit man nichts mehr sieht, und wartet auch. Schließt Wetten mit sich selbst ab: In fünf Minuten, in einer Viertelstunde kommt sie. Alles hat sich auf die Zehenspitzen gestellt und dreht sich, mit dem Wind oder aus Übermut, und fällt vielleicht auch um, aber das macht nichts. Wir haben fast zusammengelebt. Ritas Wohnung war ihr Atelier, gewohnt hat sie bei mir. Abends sind wir ausgegangen, in zwei Kneipen, in der einen hat sie gegessen, ich habe ihr Gesellschaft geleistet, in der zweiten umgekehrt, sie naschte von meinem Teller, mit meiner Gabel, beide den gleichen Geschmack im Mund, und einer beobachtete den anderen, wie er kaute, schluckte. Manchmal hat sie auf meinem Teller Häuser, Städte gebaut, so geschickt mit der Gabel, Reis, Gemüse nach Farben sortiert und kombiniert, meine seidene Wäsche, die Satinwäsche. Dazu ihr Lachen, provozierend. Ihr Gesicht ist ein bißchen zu flach, als hätte sie als Kind immerzu Nase und Backen ans Fenster gedrückt, flache Jochbeine dazu, sie ist eigentlich nicht hübsch, aber ihr Gesicht hat für alles Platz, sie hat die bewegliche Mimik eines Kleinkindes, mit ihrer schmalen, langen Zunge und ihren Lippen, ohne einen einzigen Laut kann sie sich verständlich machen, und es sieht komisch aus, wie sie sich über den Teller beugt, man starrt auf ihren

Mund, als wäre sie stumm oder man selbst Zuschauer in einem Puppentheater. Ich habe sie deswegen nicht begehrt, ich habe sie weniger begehrt, als sie ahnt, aber ich habe sie dafür geliebt. Nachts sind wir in meine Wohnung zurückgekehrt, anfangs lag nur eine Matratze auf dem Boden, Rita fing oft schon im Treppenhaus damit an, sich auszuziehen, Jacke oder Mantel, Pulli, löste die ersten Knöpfe ihrer Bluse (sie haßt T-Shirts), rannte zum Bett.

Ich blieb oft noch auf, las, arbeitete, sie wartete, bis sie doch einschlief und ich mich lautlos zu ihr legte.

Jetzt lebe ich davon, daß ich meine Tante besuche: Mutter bezahlt, damit ich mich um sie kümmere. Ich soll die Stunden aufschreiben, die Ausgaben, was ich einkaufe, die Fahrkarte. Rita ist es egal, wovon ich lebe, wovon sie lebt. Was wird, wenn meine Tante tot ist, weiß ich nicht.

Wenn er seine Wohnung betritt, kreiseln Dreck und Möbel durcheinander. Er weiß nicht, wohin er sich setzen soll. In der Küche liegen Rechnungen. Schmutziges Geschirr auf dem Tisch, im Spülstein. Gläser. Lippenstiftränder, Fingerabdrücke, Kippen. Über einer Stuhllehne Wäsche. Geruch von Schweiß, Vernachlässigung. – Du riechst wie ich, sagt seine Tante. Er zieht sich frisch an, wenn er damit rechnet, Antonia zu treffen. – Alten Leuten bringt man Blumen, die duften, sagt seine Tante, damit sie sich daran gewöhnen, tot zu sein. Aber du lebst davon, also sieh zu, daß du die Zeit anhältst.

Er staubt bei ihr vorsichtig geschliffene Gläser und Porzellanvasen ab. Im Vorratsschrank stehen Konserven aus den 80er, den 70er Jahren, eingemachte Pfirsiche, Erdbeeren, Marmelade, Quittengelee. – Da warst du noch nicht einmal auf der Welt. – Das ist nicht wahr, erwidert Paul. Wenn er abstaubt, läuft sie dicht neben ihm. Sie zieht aus dem Ärmel ihres Wolljäckchens ein Taschentuch und schneuzt sich.

– Der Staub, sagt sie, man weiß nicht wie, und schon ist alles staubig. Dicht neben ihm stehend, tastet sie über Gläser und Vasen. – Kühl, murmelt sie, kühl und glatt. Mit einem Finger muß man spüren, wie leicht das Glas ist. Die Finger laufen wie ein Schneider über die Wand, und man vergißt alles. Und draußen geht die alte Hexe, die ganze Wohnung zittert dann. Immer hat sie Herbert ein schönes Auge gemacht, jetzt denkt sie, sie hat Oberwasser.

– Schöne Augen gemacht, verbessert Paul.

– Bilde dir nichts ein, ein Auge ist ihr kaputt. Sie wartet auf den schwarzen Ritter mit dem schwarzen Pferd und glaubt, sie täuscht die anderen damit, daß es der Tod sein soll, aber nachts zieht sie seidene Unterwäsche an, zieht die Bettdecke weg und ...

– Hör auf! Wütend, mit scharfer Stimme, unterbricht Paul sie.

Im Café lernt Paul ein Mädchen kennen, eine Frau, gerade zwanzig Jahre alt geworden, sie feiert ihren Geburtstag mit dieser Reise nach Berlin, sie gehen zu ihm nach Hause, in Ritas und sein Bett, aber er hat das Gefühl, Antonia zu betrügen.

Was tun mit dem Eingeständnis dieser Schuld, die keiner will, was tun, wenn es schon indiskret scheint, sich schuldig zu fühlen?

Er möchte sie beleidigen, verletzen, er würde sich entschuldigen, wenn ihr Gesicht erschrickt, ihn anschaut, und während er sich noch entschuldigte (einen Satz sagte), während sie ihn hörte, wäre es, als hielte er ihr Gesicht umfaßt.

Bloß kein schlechtes Gewissen, sich nur nicht schuldig fühlen, gilt zwischen Rita und ihm, und jeder von ihnen hat das Recht, zuweilen mit einem anderen (mit einem Fremden, sagt Rita) zu schlafen. Maike heißt das Mädchen (die junge Frau), Maike kichert, als sie seine Wohnung sieht, als sie sich auszieht, als sie sich auf ihn setzt, sie kichert.

Nur laß mich nicht ..., sagt er in Gedanken zu Antonia, ohne den Satz zu beenden.

Maike hat in der Luft einen blinden Fleck hinterlassen, der sich vor sein Bild schiebt, wenn er sich in einer Fensterscheibe spiegelt. Morgens steht er erst auf, als Rita aus dem Haus ist, versucht aufzustehen, sobald er ihre harten, klopfenden Schritte die Treppen hinunter sich entfernen hört, neben sich ein Stück leeres Bett, die Kissen, Laken verfärbt, als wäre im Schlaf etwas Schlampiges, Unreinliches gewesen, dann, etwas weiter entfernt, der Tisch, Teller darauf, Essensreste eingetrocknet, Spaghetti mit Tomatensoße, er hat gekocht, aber warum denn das? fragt Rita mehrmals gereizt. Du weißt doch, daß ich lieber draußen esse. Du weißt doch, weißt doch, und immer heißt das, laß mich in Ruhe, Kretin, Idiot, kriegst du das nicht in deinen Schädel rein?

Am liebsten würdest du eine Leuchtspur hinter dir herziehen. Wer hat das gesagt? Paul liegt im Bett, noch immer reden die aus dem Traum mit ihm, Frauen allesamt, aber wer sind sie? Dort auf dem Tisch stehen zwei verfleckte Gläser, leere Flasche, zweite leere Flasche, sie haben sich betrunken, er hat am späten Nachmittag angefangen zu trinken, mit Maike erst, dann mit Rita, zum Arbeiten muß er nicht aufstehen, aber seine Tante, die er gestern vergessen hat, seine Tante wartet auf ihn und das ist der einzige Grund. Grund, aufzustehen, sich anzuziehen, hinauszugehen, einzukaufen.

Er dreht sich auf die andere Seite, schaut auf den abgestoßenen Dielenboden, Staub in den Ritzen, ein kleiner, schwarzer Käfer, neben sich die Bettleere, er darf die Blumen nicht vergessen.

Drei Tage lang sieht Antonia ihn nicht. Sie kommt aus dem Haus, stellt sich gleich rechts neben die Toreinfahrt unter das vorspringende Dach, einmal nieselt es, einmal scheint die Sonne, das dritte Mal geht ein Gewitter nieder. Eisenstreben sind in die Wand geschlagen, zur Stütze eingezogen oder für ein Gerüst angebracht.

Abgerissen gehört die Bude, sagt ihre Tante, mit ins Grab. Da hält man aus, kriegt wieder, was sie einem weggenommen haben, wenn keiner es mehr haben will und wenn man nur noch Geld dafür ausgeben muß. Ein Mausoleum, sagt ihre Tante, wäre mir lieber.

Sie steht vor dem Spiegel und fotografiert ihr eingefallenes Gesicht. Ich sterbe, sagt sie zufrieden. Das ist besser, als zehn Liebhaber auf einen Haufen.

Du kannst mich ruhig in einen Zinksarg legen. Am Ende sind die Würmer dran.

Hübscher als du war ich schon, sagt ihre Tante. Warum trägst du kein Kleid? Was hast du unter der Hose an?

Sie mustert Antonia. Ich gebe dir ein Kleid von mir.

In jedem Zimmer ein Schrank, im Flur ein Schrank, zwei hellbraune Gründerzeitschränke, ein dunkelbrauner, abgestoßener Schrank, Furnier löst sich von den Kanten, von den Türen. Tante öffnet alle Türen, auf Plastikkleiderbügeln hängen Kleider aus Seide, Kleidchen aus Tüll, Kleider aus feingekämmter Baumwolle. Die Farben verschwinden im Dämmerlicht des Schrankes, als Tante sich dicht davorstellt und Antonia den Blick verwehrt. Geh raus, befiehlt sie. Zieh dich aus. Das Fenster des Badezimmers ist verklebt, gegen die Zugluft, die Luft vom Winter steht im Bad, Seife, Heißwasser, Haarfestiger, Heizungsluft, Badewanne grün gekachelt, im Waschbecken große Sprünge, Lavendelseife, darüber ein kleiner Spiegel, ein zweiter großer Spiegel, blaue und grüne Handtücher und ein Waschlappen. Die Wände sind mit gelber Ölfarbe dick überstrichen. Antonia zieht ihre Jeans, ihr T-Shirt aus, steht in Unterwäsche, heiß ist es im Badezimmer. Langgliedrig und schmal, mit kleinen Brüsten, das halblange, blonde Haar zerzaust. Wie ein Junge, sagt ihre Mutter, aber ich wollte einen Sohn, nicht so etwas.

Keine Spiegel in ihrer Wohnung in Charlottenburg. Keine

Spiegel, – ein Spaß zunächst, dann eine Wette, Spiegel erst wieder, wenn man in einer Wohnung bliebe, erst dann, wenn man sich festgesetzt habe und seiner Sache sicher sei, wenn man seinen Ort gefunden habe, Spiegel erst nach dem dreißigsten Geburtstag, wenn man nicht in den Spiegel guckt, bleibt man für immer jung. Ihr Freund bis vor zwei Jahren war zwei Jahre jünger: ihr Freund Anton, der die Spiegel nahm, wegtrug auf Nimmerwiedersehen. Anton und Antonia, ein Spaß, ein Kinderspiel, nie wieder Spiegel, versprochen bis in alle Ewigkeit. Bis vor zwei Jahren, bis Anton aufstand und sich entschuldigte und gehen wollte. Und sie beim Abschied fragte, ob er die Spiegel wiederbringen solle. Ein Kinderspiel, der Abschied auch, sie packte seine alten Koffer und zwei Taschen, das war schon alles. Zwei-Zimmer-Wohnung in Charlottenburg, ohne Spiegel, sie änderte das Namensschild und war nicht einmal traurig. Sie lebt allein, keiner, der ihr gefällt seither, warum auch, sechs Jahre lang mit Anton, das reicht fürs erste oder auch für immer, ein paar Pullover immer noch von ihm und alter Trödel: Schrank, Bett, Tisch, dazu ein paar Regale, die Miete warm fünfhundert Mark.

Sie traut ihrem Körper Sex nicht zu, imitierte manchmal Stellungen im Bett, die Beine hoch in der Luft gespreizt, dazwischen der Körper eines Jungen, eines Jungen, sagt sie sich in Gedanken, wie es mit neunzehn Jahren war, als ihre Mutter Mädchen und Jungen sagte und Antonia auch, Jungs, und Anton durfte bei ihnen über Nacht bleiben, in ihrem Zimmer, in ihrem Bett, schlaf doch hier, es ist ja Platz genug, sagte Antonias Mutter, Antonia errötete, und Anton nickte stumm. Wir tun so als ob. Antonia traute sich nicht zu fragen, ob das als ob oder gar nicht gewesen war, es dauerte lange, bis sie ein Kondom benutzten, sie ging nicht zum Frauenarzt, keine Pille, macht nichts, sagte Anton. Wahrscheinlich dachte er etwas, etwas anderes, er veränderte sich, manchmal rannte eine Bewegung, ein Handgriff ungeduldig heraus aus ihrem üblichen Zu-Bett-Gehen, sie lag ganz still.

Steht nun still im Badezimmer vor dem Spiegel, draußen das Rumoren, ein Kleiderbügel scheppert zu Boden, ihre Tante schnauft, murmelt böse, bückt sich vermutlich. – Bist du fertig? Schritte nähern sich dem Bad, Antonia nimmt den Gummi ihres Schlüpfers zwischen Daumen und Zeigefinger, zieht unschlüssig daran, Schritte und Atemzüge halten vor der Badezimmertür, Antonia streift hastig das Unterhemd über den Kopf; nackt bis auf den Schlüpfer. – Mach auf!

Sie kommt herein, triumphierend, die Arme voller Kleider, deren Ärmel mauve, grün, violett austropfen, ermattet, rechtschaffen. – Nimm das. Die Tante läßt den Haufen in Antonias gerade noch rechtzeitig ausgestreckte Arme fallen, sieht Antonia fest an und knöpft sich das Wolljäckchen auf, legt es über die Wäschetruhe aus Stroh, knöpft das Kleid auf, dunkelblaue, dünne Baumwolle mit kleinen weißen Punkten, um den Hals faltige Haut, die Sehnen angespannt, um den Hals eine Kette, rote Zacken, Spitzen, den Knochenvorsprüngen unter der Haut ähnlich, eine verwüstete Landschaft, ihre Tante, blau und rot und braun, löst sich in Farben auf, Antonia wird schwindelig. – Steh nicht wie eine Kuh! Hilf mir mit dem Reißverschluß.

Wie die Hände gehorsam werden wollen, dann die Beine, Antonia mit allen Kleidern im Arm tut zwei Schritte zu ihrer Tante, die sich behende umdreht und den Reißverschluß des Kleides selber öffnet, magerer Rücken voller Altersflecken rutscht unterm Stoff hervor, die fleischfarbenen Träger eines BHs treten heraus, Tantes Hände ziehen ungeduldig an den Ärmeln, zwischen zwei gepreßten Atemzügen reißt zischend der Stoff, fällt bis zur Verbreiterung der Hüften, dem Gummi halblanger Unterhosen, ein Wulst weichen Fleisches zittert, als Tante sich wieder umdreht, aufrichtet, ruhig atmend jetzt, und mit einem einzigen Schritt aus dem blauen Kleiderrest heraustritt.

– Jetzt, sagt sie triumphierend. Mit einer Bewegung der Schulter weist sie Antonia an, die Kleider auf der Truhe abzulegen und sich zum Spiegel hin zu drehen. Hinter ihnen verdunkeln sich die grünen Fliesen sachte, Wolken vor der Sonne, es wird bald wieder regnen, denkt Antonia, Paul wartet an der Hauswand. Sie sieht im Spiegel die weiche, gesunkene Brust ausatmen, mauvefarben, braungefleckt, schimmernd, den faltigen, kleinen Bauch, das schüttere Haar unter der breiten, ausgewaschenen Unterhose, den fliehenden Schenkelansatz.

– Ich habe mir einen Spiegel gekauft, einen großen Spiegel, einen Meter achtzig hoch und fünfzig Zentimeter breit. Davor stehe ich nackt und warte, daß der Wecker klingelt. Eine Stunde lang, so stelle ich den Wecker, bevor er nicht klingelt, gehe ich nicht von meinem Platz.

Ihre Hand tastet über die Mauersteine zu ihm hin. Er schaut konzentriert zur Brache, Vogelbeere, Akazie, Essigbaum, bemerkt ihre Hand nicht.

– Sie ist immer da, man kann sie nicht überlisten.

– Ich dachte, sie verläßt das Haus nicht mehr.

– Ja. Antonia errötet. – Sie hat darauf bestanden, die Kleider auszuführen. Sie sagt, sie braucht zum Fotografieren besseres Licht. Du erbst mein Haus, sagt sie, ist es da zuviel verlangt, wenn du mich in deine Wohnung läßt?

Reich mir das erste Kleid.

Tante läßt sich ein Kleid nach dem anderen geben, hält es sich an, lange Abendkleider, langärmelig, ohne Ärmel, Preussischblau, Zinnoberrot, kurze Kleider, Lindgrün, Lapislazuliblau, mit Pailletten bestickt, mit Fransen, glatt, mit Spitzenbordüren, mit Tüll, mit einer Schärpe aus hellrotem Samt.

Draußen türmen sich die Wolken, türmen sich auf, verdichten sich und ziehen weiter, geben die Sonne wieder frei, Licht schießt durchs Badezimmerfenster, mattet wieder ab, die Körper leuchten einen Bruchteil nach, Antonia hört ihre Tante aufschluchzen. Ein Kleid nach dem anderen, Preußischblau,

Zinnoberrot, Lindgrün, Lapislazuli, aus hellrotem Samt die Schärpe – Motten haben große Löcher in die Kleider gefressen, die Stoffe sind mürbe und lösen sich in ihren Händen auf.

Antonia bückt sich, hebt die Kleider auf, stopft sie in einen Plastiksack, in den Schrank, tu sie aus meinen Augen. Schilfgrün, Seladongrün, Malvenfarben, ein letztes Leuchten, ein grüner Ärmel bleibt ihr in den Händen, nicht an der Naht abgetrennt, sondern entzweigerissen.

Zieh die Kleider an, fordert Tante. Sie liegt im Bett, die Rolläden heruntergelassen, neben sich ein kleines Adressbuch, das Telefon.

– Sie ist nicht mehr klar im Kopf, sagt Antonia zu Paul.

Rotes Kunstleder. Aus den fünfziger oder sechziger Jahren, darin die Namen und Adressen all ihrer Liebhaber. Was ist mit den Liebhabern davor? – Ich habe sie nachgetragen.

– Ich kann nicht aufstehen, sagt sie dann. Jeder von ihnen hat mir ein Kleid geschenkt, manche zwei, sagt sie, ich werde sie finden, sie sollen mir ein Kleid schenken.

Paul dreht den Kopf. Antonia ist dünner geworden, der Hosenbund ihrer hellen Leinenhose rutscht bis auf die Hüftknochen. Er kratzt mit den Fingernägeln an der Hauswand. Ein Steinsplitter bohrt sich unter den Nagel des Mittelfingers.

– Aua!

Antonia schaut kurz auf, spricht weiter.

– Zu Hause ist sie überall. Ein Kleid habe ich mitgenommen. Ich ziehe mich vor dem neuen Spiegel nackt aus und sehe, daß ich an denselben Stellen Leberflecken habe wie sie.

– Sehen wir uns morgen? Im Treppenhaus sagt Paul den Satz vor sich hin; wenn er hinaufsteigt, den obligatorischen Blumenstrauß in der Hand, wenn er hinuntergeht, ein Stockwerk, dann durch den Flur, über den Hof, durchs große Tor hinaus. Ein Mal tut er, als sähe er sie nicht dort stehen, geht weiter, damit sie nach ihm ruft. Als sie nicht ruft, dreht er sich um.

Sie schaut ihn an. Hilflos, erschrocken wie jemand, der die Folgen einer schlechten Nachricht abzuschätzen versucht.

Paul ist wütend.

– Warum rufst du nicht?

Mein dritter Liebhaber hat ein Bein verloren, der vierte ist Alkoholiker, der fünfte hat eine junge Frau geheiratet, der neunte hat mich bestohlen, der zehnte wollte mich heiraten. Tante thront im Bett, die Augen geschlossen, zählt an den Fingern ab. Daumen, Mittelfinger, kleiner Finger, Daumen, Zeigefinger. Die anderen läßt sie weg.

– Deine Tante? fragt Paul gereizt.

– Sie fotografiert nicht mehr. Guck alleine in den Spiegel, du wirst ja sehen, was du davon hast.

Gegenüber streunt ein Hund zwischen den Sträuchern und Bäumchen, sein gelbes Fell leuchtet zwischen den Brennesseln, verschwindet hinterm Holunder, taucht wieder auf, im Kreis, drei Mal, vier Mal; Paul zählt.

Er spürt Antonias Blick. Jetzt könnte er, denkt er, ihre Hand nehmen und sich von der Hauswand lösen, um zur Brache hinüberzugehen. Heute regnet es nicht. Der Sommer ist bald vorbei. Gestern ist Rita schon um acht Uhr abends gekommen, hat ein paar Kleider in eine Tasche gepackt und gesagt, daß sie in Ferien fährt. Sie hat ihn geküßt, auf den Mund, bis dann, sie ist rasch das Treppenhaus hinuntergelaufen, als fürchtete sie, er könnte rufen, als wünschte sie nicht, daß er ruft.

Wieder sah er den Hund rennen, bellend, kam es Paul vor, aufgeregt und im Davonrennen begriffen, obwohl es nach wie vor ungefähre Kreise waren, was er da rannte, der beliebig gelbe Hund, in den Pauls Seele zu schlüpfen schien, so daß jetzt beide rannten, Hund und Seele. Gut sichtbar für Paul, vielleicht auch für Antonia sichtbar, wenn sie hinschaute, irgendwo hinschaute, nicht nur dastünde mit einer roten Nasenspitze und seltsamen Augen. Man müßte gehen, einfach gehen. Antonia, dachte Paul, sie würde doch mitkommen.

Diese alten Kleider, Seladongrün, Mauve, Nachtblau, von denen sie erzählt hatte. Noch einmal der Hund. Rita war fort, seine Tante versteckte die Blumen, zerkleinerte sie, zerrieb sie zu Staub und nichts, jedesmal ein Blumenstrauß. Warum hatte er sie nicht Antonia geschenkt?

Sobald ihre Tante stirbt, dachte er plötzlich mutlos, ist sie reich.

Doch es war nicht ihre, es war seine Tante, die aus dem Fenster rief, dann schrie, ein Blumenstrauß fiel aus dem ersten Stock. Kornblumen, Sommerastern, Antonia hob sie erst auf, als er schon im Haus war, treppauf, die Notarztnummer schon im Kopf.

Ob Antonia die Ankunft des Krankenwagens abwartete, erfuhr er nicht. Die Sanitäter nahmen seine tote Tante mit.

Der Spätsommer hatte begonnen, er wurde heiß und trocken, die Leute strömten auf die Straße und an die Seen, um nachzuholen, was ihnen der Sommer vorenthalten hatte.

Paul holte seine Mutter vom Bahnhof ab, er drängte sich durch die Menschenmenge, übermorgen die Beerdigung, acht Tage später ein Termin beim Rechtsanwalt, der ihnen Tantes Testament eröffnen würde. Seine Mutter packte ihn am Arm. – Hast du die Hühnerblinze? Sie schwitzte, ihr Atem roch nach Wein, unwirsch streckte sie ihm ihre Reisetasche hin. – Wen suchst du eigentlich die ganze Zeit?

Rita kehrte aus den Ferien zurück, packte nach drei Tagen eine Tasche und ging. Seine Mutter schimpfte über ihr Hotel, über den Rechtsanwalt, über die Stadt. Es stellte sich heraus, daß Pauls Tante die Eigentümerin des Hauses Nr. 57 war. In ihrem Sekretär fand sich eine Liste mit allen Blumensträußen, die Paul ihr gebracht hatte. – Sie war doch blind? ärgerte sich Pauls Mutter. Dem Käufer der siebenunddreißig Blumensträuße vermache ich mein Haus. Sie hat mich angerufen, es ist ihr letzter Wille, beschied der Rechtsanwalt. Aber wer hatte gekauft, wer bezahlt? Ich habe ihm jeden Pfennig überwiesen, beharrte Pauls Mutter. Paul war es gleich, er brauchte Geld. Die Leute trugen jetzt dicke Pullover, Regenjacken. Das Laub verfärbte sich. Die Stadt sank in sich zusammen, ein riesiges Farnkraut, das im Herbst zu Boden sinkt, sich einrollt, bereit, in der Erde zu verschwinden.

Drei Mal klingelte Paul bei Antonias Tante. Antonia Beerbaum; er hatte das Klingelschild zuvor nie gelesen. Vor dem Haus stapelten sich schon Stangen und Bretter für das Gerüst. Die Wohnung im vierten Stock, Antonia Beerbaums Wohnung, war als einzige noch nicht geräumt.

Paul suchte nach den schmalen Schultern, schmalen Armen, der spitzen Nase, den durchscheinenden Nasenflügeln, nach Antonias Größe, Haarfarbe, fuhr mit dem Fahrrad durch Charlottenburg, lief durch den Schloßpark und hielt Ausschau. Deine Tante, wollte er Antonia sagen, hat dich übers Ohr gehauen.

Als er zum vierten Mal klingelte, öffnete ihm eine Krankenschwester. Sie ließ ihn nicht ein. Die Tante lag im Bett und starb. Von einer Nichte oder Großnichte wußte die Krankenschwester nichts. Sie schaute ihn neugierig an und zog die Tür leise ins Schloß.

Anfang November hatten Wind und Regen die letzten Blätter von den Bäumen getrieben. Antonia Beerbaum war gestorben. Paul erfuhr es von seiner Mutter, als sie beiläufig erzählte, die Alte, die Alte von oben habe den Löffel abgegeben, Ende des Monats werde die letzte Wohnung, die die Bauarbeiten behindert hatte, endlich geräumt.

Noch einmal kehrt er zurück, schlüpft unter die grüne Plastikplane und das Gerüst, steht gebückt an der Mauer. Die Backsteine, freigelegt, sehen aus, als würden sie den Winter nicht überstehen.Niemand geht ein und aus.

Er hat den Hausschlüssel. Im Eingang stapeln sich Dachziegel, Bretter, eine Schubkarre steht auf den Rücken gedreht. Paul steigt die Treppen hinauf. Im Staub zeichnen sich Fußspuren ab. Die Männer der Beerdigungsgesellschaft, Handwerker? Er sucht nach kleineren Tritten, nach dem Profil von Turnschuhen.

Die Tür ist rotbraun gestrichen, das linke obere Viertel durch eine Spanplatte ersetzt. Zwei Schlösser, eines über dem anderen.

Er dachte an den Anfang des Sommers, an die ersten Male, die er Antonia gesehen hatte. Sie war behende wie jemand, der verbergen will, daß er immer gegenwärtig ist. Die perfekte Besetzung für eine Großmutter, dachte er spöttisch. Sie sammelt die Zeit und hebt sie in großen Gläsern auf wie Eingemachtes.

Die Tür ächzte und gab seinem Stoß nicht nach. Er schob eine Telefonkarte in den Türritz, hantierte, erst ungeschickt, dann zornig.

Als die Tür endlich aufsprang, zog er Schuhe und auch die Strümpfe aus, als müßte er geräuschlos bleiben, und betrat so, barfuß, auf Zehenspitzen, den Flur.

Er dachte an die ersten Tage in diesem Sommer, an seinen Mißmut, Mißmut darüber, daß er nur mit Besuchen bei einer alten Verwandten Geld verdienen mußte, Mißmut darüber, daß der Sommer so zögerlich und schließlich verregnet war. Er dachte an die Hauswand, an diese Mauer, ihre bloßgelegten Ziegel, von Witterung und Zeit freigelegt, vielfarbig in ihrer ungewollten Blöße, schön. Sie dienen uns als Fleisch, taugen besser als wir selbst und unsere Haut, um zu zeigen, daß wir der Zeit gehören. Eine große Herrschaft; wir vergessen, daß wir Leibeigene sind, und einer wie ich, der nicht weiß, wohin, ist dankbar, wenn er daran erinnert wird.

Die Zimmertüren standen offen, aber da die Rolläden heruntergelassen waren, drang nur schwaches Licht herein, der Flur lag im Dämmer, und erst nach einigen Minuten bemerkte Paul, daß die Schränke aufgerissen, Kleider herausgerissen waren, sich auf dem Fußboden häuften, staubige Leerstellen eines verschwundenen Körpers, Ärmel und Säume, Stoffe in matten, ausgedienten Farben, wie Antonia erzählt hatte, und Paul wunderte sich nicht, als sie nun vor ihm stand und ihn unverwandt anschaute, ohne Überraschung, ohne zu lächeln. Obwohl es kalt war (November, die letzten Blätter von den Bäumen), trug sie ein ärmelloses, weißes Hemd. Ist dir nicht kalt? wollte er fragen.

Aber sie streifte es ab, zog es über den Kopf, und als sie es schon in der Hand hielt, blieb ihr Gesicht doch verschwunden, als wäre es weiterhin hinter dem weißen Stoff verborgen, Leinen, dachte Paul, wie ein Schweißtuch oder Totenhemd.

Sie nahm seine Hand, zog ihn einen Schritt voran, schlüpfte an ihm vorbei und schlug die Türe zu, huschte wie ein heller Schatten vorbei, ohne seine Hand loszulassen. Er wollte sie umarmen, doch sie ließ es nicht zu. Er sah im Halbdämmer, wie sie sich hinkniete, auf dem Boden kauerte; verlegen wollte er abwehren, sie wärmte seine Füße, ihm war, als sollte er sich vor ihr fürchten, liebkoste und wärmte seine Füße, richtete sich auf, streifte ihre Hose ab. Die Jeans fiel zwischen die alten Kleider, ihre weiße Haut reflektierte die matten Farben, man hörte keinen Laut, er wollte ihren Namen sagen, und daß sie gehen sollten, weg von hier, zu ihm nach Hause, vors Haus zumindest, erinnerst du dich an den Sommer, wie wir vorm Haus an der Mauer lehnten und warteten, daß es zu regnen aufhört, jetzt steht dort das Gerüst, der Sommer ist vorbei.

Sie hatte seine Hand gegriffen, wollte ihn zu sich herunterziehen, auf den Boden, auf die Kleider, er bückte sich, ihre Arme lagen dünn und blaß um seinen Hals geschlungen, er sah sehr nah und unscharf ihre Schultern, Leberflecken als dunkle Erhebungen, einzelne Härchen, hell schimmernde Haut. Er kann sie kaum verstehen.

– Ich habe die Kleider, den Fotoapparat und einen Spiegel bekommen. Die Möbel hat sie ihren Liebhabern vererbt, aber keiner kommt, sie abzuholen. Es hat ihr nicht gefallen, daß sie nicht stirbt. Sie hat die ganze Zeit zur Tür geschaut, als müßte der Tod gleich kommen, und schließlich hat sie bei Grieneisen angerufen, damit sie einen schicken, mit Katalog, Satzmustern, Kostenvoranschlag. Sie hat mit ihm geschimpft, weil es so teuer ist. Was für ein schlechter Anzug, hat sie zu ihm gesagt, schlechter Stoff und schlecht geschnitten.

Hab' niemals Kinder, hat sie zu mir gesagt. Sie wachsen und ziehen sich schlecht an.

Ich soll sie, wenn sie tot liegt, fotografieren, hat sie mir befohlen. Die Fotos hängst du in dein Schlafzimmer, damit du nicht vergißt, was aus dir wird. Ohne Gebiß, hat sie gesagt und das nackte Zahnfleisch gebleckt.

Hör auf, sei still, laß uns jetzt gehen. Er befreite sich aus ihrer Umarmung, als sie versuchte, die Knöpfe seines Hemdes zu öffnen. Sie wollte sich aufrichten, ihre Bewegungen unkoordiniert, als zerfielen sie unterwegs in Stücke, als hätte sie ihre eigentliche Absicht vergessen und bewegte ihre Glieder nur weiter, um sich vielleicht doch noch zu erinnern. Aufgerichtet stand er da, schaute auf sie hinunter, wie sie jetzt kauerte, ein Insekt, das im Tod die Beine anzog.

Er versuchte, in Gedanken mit ihr zu reden, wie er es den Sommer über getan hatte. Laß uns weggehen. Warum kommst du nicht mit?

Er stieg die Treppen hinunter, vorbei an der Wohnung seiner toten Tante und aus der Toreinfahrt, ohne nach rechts zu schauen (die grüne Plane schlug im Wind gegen das Metallgestänge), hielt sich nicht auf.

Am S-Bahnhof stand das Büdchen, Curry Wurst und Super

Illu, die beiden Schilder waren neu gemalt, mit blauer Farbe, dicke, ungelenke Schrift auf einer weißen Tafel.

Er blieb stehen. Ein korpulenter Mann näherte sich ihm, wippte von links nach rechts, dicke Schultern in einem roten Wollpullover eingezwängt. Sein flaches Gesicht grinste Paul an, die Nasenflügel zogen sich in die Breite. – Jungchen, dich hat sie gesucht!

– Wer?

– Die olle Beerbaum, neulich war sie noch mal da, abends, schon spät, in einem gelben Kleid. Die ist nicht ganz im Kopp. Hat allen erzählt, daß sie einen richtig Jungen gefunden hat, der sie liebt auf ihre alten Tage, in ihrem gelben Kleid mit Löchern drin, und eine rote Schärpe, und hat dazu geregnet wie Pudelhunde.

– Ich kenne sie nicht.

– Ist eh tot, und dich hat sie bestimmt gemeint.

Der Mann kehrte in sein Büdchen zurück.

– Antonia eben, sie hat gesagt, alle zwei Tage hast du vor dem Haus gewartet, dahinten, Hausnummer 57, wo sie jetzt neu machen. Da kommst du doch eben her, etwa nicht?

Paul nickte stumm, der Dicke schob ihm einen Plastikbecher mit Kaffee über den Tresen hin, heiße, graubraune Flüssigkeit, die ihm die Lippen verbrannte, der Dicke sah ihn mitleidig an.

Ein gelber Hund rannte über den Vorplatz, schnüffelte an Pauls Knien, winselte und rannte weiter, einer grünen Plastiktüte hinterher. Er packte sie mit den Zähnen, schüttelte sie, hielt sie mit den Pfoten, bis sie zerriß. Der Dicke rief etwas, einen Namen, Paul hob den Kopf. Aber er war nicht gemeint, und sonst war da niemand, nur ein leerer Platz.

Antonia und er, wie endlos besprochen in Gedanken, er hatte mit ihr gesprochen, hatte ihr alles, wieder und wieder, erklärt, wie in einer Endlosschleife wiederholten sich die Sätze, er würde sie nie vergessen, ich verlasse dich niemals.

Einem einzigen Freund hatte er von ihr erzählt. – Das wird nichts, na und? Du kennst sie doch kaum, es wird nichts. Schlag sie dir aus dem Kopf. Lars hatte es ungeduldig gesagt, mit Handbewegungen, die demonstrierten, wie man etwas wegwischte, ausradierte, wie man etwas herausstrich aus seinem Leben, mit diesen Gesten, die Paul selber so oft benutzte, rasch und energisch und weg damit, mit dieser Sicherheit, die alles aufs gleiche Maß brachte.

Paul starrte auf die Plastikbehältnisse mit Lakritz-, Zitronenstangen, blauen Delphinen, und rosa gebleckte Gebisse lagen durcheinander in einem Glas. Die Zeit verging dem Dicken in seinem Büdchen auch, im Geruch von altem Fett und schlechtem Kaffee, und wann wohl einer hier vorbeikam und etwas kaufte, wie oft am Tag, um ein paar Sätze zu wechseln?

Er hatte Antonia zum letzten Mal gesehen. Er horchte in sich hinein, aber da war nichts, eine Aushöhlung breitete sich Millimeter um Millimeter aus, ruhig und geübt, als würde längst erobertes Territorium nur wieder in Besitz genommen.

Der Wind drückte Paul enger an den Kiosk, fuhr in den Plastikbecher in seiner Hand, niedriger Himmel sackte tiefer, der gelbe Hund war das einzig Helle: Er sprang auf, rannte weg. Paul sah ihm nach, er wollte zu dem Dicken etwas sagen, doch ging der in die Richtung, aus der Paul gekommen war, verschwand zwischen den Häusern, bog in die Straße ein, in der die Tanten nicht mehr wohnten, und flüchtig dachte Paul, daß jetzt er selbst im Kiosk bleiben müsse. Er umklammerte den Plastikbecher und trank die mausgraue, inzwischen laue Flüssigkeit, aber der Kaffee wurde nicht weniger, er trank und trank.

Katja Oskamp *Fleischräuber*

Komm! hatte er ins Telefon gebrüllt, gefleht, geflüstert, komm!

Die Verbindung war schlecht gewesen, und seine Stimme hatte brüchig geklungen.

Ka schulterte die zwei Reisetaschen. Die Gurte schnitten ihr ins Fleisch. Ka verbiß den Schmerz in die Lippen. Mochten die Wege auch mühsam sein, Wege zwischen ihr und dem Geliebten, Wege zu ihm hin, Wege von ihm weg, dieser Schmerz würde vorübergehen, ohne Abschied kein Willkommen, kein Willkommen ohne Abschied.

An der Hand zerrte Ka die Tochter hinter sich her. Sie stiegen in die Straßenbahn ein, stiegen aus der Straßenbahn aus, kauften Fahrkarten, stiegen in den Intercity ein, stiegen Stunden später aus, fuhren mit der S-Bahn, warteten an Ampeln, erreichten das Haus der Eltern. Im Korridor warf Ka die Reisetaschen ab. Die Tochter ließ sich vom Großvater durch die Luft wirbeln.

Ein letztes Mal griff Ka der Tochter in die Nackenlocken und gab das Haar durch die Finger frei. Die Tochter bemerkte es nicht, sie flog immer schon neuen Abenteuern entgegen. Ka wünschte sich, es der Tochter gleichtun zu können.

Sie lud sich eine der Reisetaschen auf die Schulter. Die Last schwand spürbar, je näher sie ihm kam. Sie fuhr mit dem Bus zum Flughafen und sah der Reisetasche nach, die sich auf dem Transportband entfernte.

Ka überließ ihren Körper der Wucht, mit der das Flugzeug beschleunigte, sie in den Sitz drückte.

Komm!, hatte er gerufen. Jetzt kam sie. Oben, wo das Licht weißer war als Schnee, dachte sie sich die Gesichter aus, die sie machen würde, wenn sie ihn am Ausgang der Paßkontrolle erblickte. Sie verwarf die Gesichter aus Angst, er könne nicht da sein. War sie auf dem Weg zu ihm, hatte sie immer Angst, er könne nicht da sein. Vor einem Jahr hatte Ka ihre Ehe aufgelöst und nur die Tochter daraus mitgenommen. Es war ihr nicht mehr gelungen, ihrem Mann mit Interesse ins Gesicht zu blicken. Sie hatten bloß noch in Wir-Form gesprochen. Kurz vor dem Ersticken war Ka gegangen.

Der Geliebte riß den Arm zum Gruß hoch, heftig, überdeutlich, als wolle er mit dieser einzigen Geste die Meilen wegwischen, die sie getrennt hatten, und die Zeit, die vergangen war. Sie glitt in seinen Duft, tastete nach den Falten unter seinen Augen, nach den Narben auf seiner Stirn, saugte an Fingern, Lippen, Ohren, grub sich in sein Zittern, ja, er war da, die Kluft war geschlossen.

An der feuchten Hand führte er sie in Lokale, gab ihr Wein zu trinken, bis das Glühen hervortrat und sich ihr auf die Wangen legte, ließ Fleisch servieren, das sie aufaß, mit Eifer, mit Gier, restlos aufaß.

Während er nach Worten suchte, suchte sie nach Spuren, die das Leben in sein Gesicht gezogen hatte, als sie nicht bei ihm gewesen war. Sie sah den Kummer, sie sah die Hatz, sie sah den Zweifel – darunter aber, in der tieferen Schicht, ruhten gleichmütig Kraft und Heiterkeit, nein, der Wille zum Glück hatte nicht aufgehört. Kauend und lachend fing sie die Blicke auf, die er an ihr entzündete und die sie sich ins Innere einbrannte, ein Vorrat für Zeiten ohne ihn.

Wenn sie schwiegen, empfand Ka, wie stark sie beide waren. Sie wollten sich nicht mehr um jeden Preis paaren. Sie hatten oft über diesen Preis gesprochen und witterten, wenn er stieg. Nur so hatte der Zauber eine Chance.

Hastig zog er sie die Treppen hinauf in sein Versteck. Da, wo er hauste, krallte sie die Finger in seinen Nacken, drückte ihm die Hüften in die fiebrigen Hände, rieb sich an seinen Fersen, seinem Steiß, seiner Stirn, sie wuchs über ihn hinaus, blicklos verschwamm sie an ihm, schluckte die Stöße seines

Schwanzes, leckte den Auswurf seiner Lunge und dachte daran, wie sie ihn, wenn er in einem Meer aus schreiend weißen Blumen und schwarzumhüllten, stummen Köpfen aufgebahrt läge, ein letztes Mal lieben würde, über ihm die Schenkel öffnen, zornig und tränenblind.

Am Morgen zog er die Tür hinter sich zu. Sie spürte, wie hart das Bett war, auf dem sie lag. Daß er nicht wisse, wann er wiederkäme, hatte er gesagt, abwesend, leise, gereizt. Er ließ sie allein, um in die Katakomben des Theaters hinabzusteigen, in dem sie sein Stück probten. Er verhandelte darin öffentlich seine Ehe, mit der er zerfallen war und deren Scherben er jetzt gegen Geld zu einer Komödie zusammensetzte. Er ging fort, um der Geschichte ihren Tribut zu zollen, damit die ihn nicht zerfleischte.

Ka hätte ihm helfen können. Doch er stieg hinab in die Abgründe seines Ruhms, ohne sie einzulassen, in die Niederungen seiner Vergangenheit, ohne sie zu dulden. Er wollte, daß sie sich hier versteckte.

Sie zwang sich, ihm nicht zu folgen. Von der Nacht schmerzten ihre Knochen, jeder einzelne, und sie fand heraus, daß sie unzählige davon besaß. Aber das Fleisch fehlte. Das Fleisch hatte er ihr, ein Gauner, ein Dieb, genommen, einfach weggenommen.

Sie taumelte hinaus, wurde geschoben, gezogen, trieb auf den Wellen, die die Stadt schlug, ein Gerippe mit hohlen Augen und wundem Venusberg. Sie trat gegen Schienbeine, prallte auf Asphalt, hakte sich in die geschminkten Gesichter der Passantinnen, klapperte die Orte ab nach einem Widerhall, aber sie fand keinen Boden unter den knochigen Füßen. Sie erwog den Rückzug, um sich zu schützen, um ihn zu bestrafen, auf der Stelle wollte sie kehrtmachen, den Stolz vor Augen, die Demut im Rücken, aber zu alledem fehlte ihr das Fleisch.

Aus purer Erschöpfung kroch sie am Abend in das Versteck

zurück. Er war nicht da. Komm! hatte er gerufen. Jetzt soff er im Theater, gab Interviews oder beruhigte seine Frau mit dummen Sprüchen. Ka zerschnitt sein Premierenhemd und wartete die ganze Nacht.

Wieder rutschte sie auf blanken Knochen in die Stadt hinaus. Sie kaufte teuren Plunder von seinem Geld und wußte schon, daß er die Rache nicht einmal zur Kenntnis nehmen würde. Sie fand Musik, die ihm gefallen sollte, und wußte schon, daß er sie nie hören würde und sie zu nichts taugte, als sie später an ihre Einsamkeit in seiner Stadt zu erinnern. Wohin sollte sie gehen, wohin fliegen, wo ankommen, wenn er es ihr verweigerte? Hier war kein Platz für sie. Die zwei Orte, an denen sie sich zu Hause fühlte, waren Gerüche. Der eine entstand, wenn sich ihr Schweiß mit seinem vermischte, beißend, dampfend, der zweite hing unschuldig und sanft in den Fasern des Lieblingsschlafanzuges der Tochter. Jedesmal mußte sie den einen Geruch verlassen, um an den anderen zu gelangen. Jetzt baumelte sie zwischen beiden in der Luft über einem fremden Land. Ihre Knochen fingen an, sich gegenseitig zu zerreiben.

Als sie in das sinnlose Versteck zurückkam, legte Ka die Musik ein, die sie für ihn, für ihn und sich, für sie beide gekauft hatte. Die Musik gab dem Phantomschmerz einen Klang. Sie begann, in die leblose Wohnung hineinzutanzen, für ihn, der nicht da war und von dem sie nicht wußte, wann er auftauchen würde aus den Katakomben und wie sie anschauen. Sie bewegte sich unter seinen Blicken, wandte ihm all ihre Seiten zu, mutig, geschützt von der Leere, die sie umgab, kräftig nach einem auszehrenden Tag. Die Knochenhände suchten die Brust, die ihnen still entgegenwuchs, sie ausfüllte, das Klirren ihres Körpers beruhigte sich, sie spürte einen neuen Hintern an sich entstehen, weicher und üppiger als der ursprüngliche. Die Finger schwollen an, kreisten stumm um die Schamlippen, unter dem Schwingen, unter dem Wogen gab sie sich das Fleisch zurück, die Wölbungen und Täler. Sie sah ihn überall um sich, in sich, den Fleischräuber, bäumte sich tonlos auf und ergriff laut von sich selbst Besitz. Das Glück, wenn es zutage tritt, fiel ihr ein, wird nicht gesehen; es ist unsichtbar, aber es legt Zeugnis von sich ab, indem es einem Falten ins Gesicht schlägt, bevor es vergehen will. Nackt legte sie sich in das harte Bett, in den Geruch der vorvergangenen Nacht, in die Kissen, weiß wie Totenblumen. Sie hatte sich zurückerobert. Das Fleisch war heimgekehrt. Jetzt konnte sie warten, ohne Aussicht auf Linderung, unvermindert warten. Sie fiel in einen flachen Schlaf, einem nächsten Tag entgegen, an dem sie wund, wütend, zäh das Glück aufbewahren würde, das er mit ihr hatte.

Am Morgen packte sie die Reisetasche und stieg in den Bus. Auf dem Flughafen buchte sie den Rückflug um. Festgeschnallt klemmte sie zwischen fremden Leibern. Sie bewegte sich nicht. Sie schluckte, um den Druck auf den Ohren loszuwerden. Oben wurde sie von weißem Licht geblendet. Sie hielt die Augen offen.

Ka malte sich aus, was es bedeutete, sich der Schwerkraft einer Ehe zu ergeben. Wie würde sich, wenn er weitere zwanzig Jahre neben seiner Frau lebte, sein Gesicht verändern? Es würde die Schichten einbüßen, alles würde sich zu einer einzigen, der obersten Schicht verfestigen und nichts aus der Tiefe mehr durchscheinen. Wovon würde sein nächstes Stück handeln müssen? Vom Schwanzeinziehen. Vom Kleinkriegen. Und vom Schönreden. Er würde über einen alternden Versager schreiben, dem er viel Verständnis entgegenbrächte. Es würde ein Monolog sein, der Monolog eines sympathischen Versagers, der zuerst dem Wunsch nach Zukunft verfällt, berauscht an ihr schnuppert und später zähneknirschend jedes Risiko vermeidet. Er würde eine Figur schaffen, einsam und ein wenig eitel, mit der jedermann Mitleid hätte wie mit sich selbst. Das neue Stück würde ein Erfolg sein. Sie würden es überall spielen. Sie zog die Reisetasche vom Transportband und fuhr mit dem Bus zum Haus der Eltern. Die Tochter sprang ihr in die Arme. Die Eltern standen erschrocken in der Tür. Ka erklärte nichts. Sie schob die Nase in die weichen Locken und schloß die Augen. In den letzten drei Tagen, fand Ka, war die Tochter enorm gewachsen.

Mit zwei Reisetaschen über der Schulter lief Ka zum S-Bahnhof. Die Tochter neben ihr hüpfte und plapperte. Alles zerrte an Ka. Sie hatte Lust, die Taschen wegzuschmeißen und der Tochter den Mund zuzuhalten. Sie fuhren S-Bahn, ein paar Stunden Intercity, Straßenbahn. Ihre Hände klebten von Schmutz und Schweiß aneinander, als sie endlich ankamen. Ka hörte den Anrufbeantworter ab. Nichts, nichts von ihm. Sie brachte die Tochter ins Bett und packte die Reisetaschen aus.

Am Vormittag, als die Tochter im Kindergarten war, putzte Ka die Wohnung und schrieb lange Briefe an sich selbst. Wenn das Telefon klingelte, rannte sie zum Hörer und versuchte das Keuchen zu unterdrücken und die Hoffnung in der Stimme. Er war es nicht, nie.

In den Nächten tigerte sie durch die dunklen Räume. Fieberhaft kämpfte sie dagegen an, ihn zu verdammen, ihn zu vergöttern, ihm nachzuspionieren. Warum meldete er sich nicht? Wie lange sollte sie sein Schweigen aushalten, ohne alles zerstören zu müssen? Sie hatte nicht gewußt, daß Fleischräuber sich totstellten, wenn die Beute nicht mitspielte. Sie verbot sich den Gedanken an Vergeltung. Es wäre leicht gewesen, einen Wildfremden anzulocken und für den fürchterlichen Racheakt zu mißbrauchen. Sie begriff, was Warten bedeutete. Kein hinterlistiges Lauern, kein liebeskrankes Winseln, ein aufrechtes Schwebehalten hatte sie zu leisten, nach allen Seiten offen. Die größte Anstrengung kostete es, den Verdacht abzuwehren, daß sie sich getäuscht hatte, bis in den letzten Winkel ihrer Seele getäuscht hatte. Das wollte sie nicht für möglich halten. Ka hätte nicht ihn, sondern sich dafür verachtet. Nackt trat sie vor den Spiegel und betrachtete das Fleisch. Sie wollte herausfinden, ob es sich veränderte, weil er es nicht anfaßte, aber sie konnte nichts feststellen. Sie blühte, und er sah es nicht.

Zweiundzwanzig Tage und zweiundzwanzig Nächte hörte sie nichts von ihm. Am dreiundzwanzigsten Tag kippte sie. Früh um sieben rief Ka seine Frau an und gab ihr den Mann zurück. Die Frau war verschlafen und bedankte sich.

Ka versuchte, mit dem Zählen aufzuhören. Sie zählte die Tage nicht mehr, seit sie ihn zuletzt gesehen hatte, nur noch die Nächte. Sie sehnte sich nach Alltag. Sie wollte morgens munter und abends müde sein.

Die Tochter fragte, als Ka sie ins Bett brachte, was mit jemandem zu machen sei, der etwas verspricht und es nicht hält. Eins in die Fresse, antwortete Ka. Sie ballte die Faust und zielte von schräg unten auf sein Kinn. Es knackte. Er hielt die Hände vors Gesicht. Das Blut lief die Unterarme hinab. Die Tochter schaute Ka ungläubig an.

Als sie am Nachmittag mit der Tochter vom Kindergarten kam, hockte er zwischen zwei Koffern vor ihrer Tür. Er sah kaputt aus und seriös, viel seriöser, als sie ihn in Erinnerung hatte. Er sprang vom Boden auf. Ka griff nach der Hand der Tochter. Sie starrten einander an.

Besuch, sagte die Tochter.

Glaubst du, sagte Ka.

Die Tochter ließ Kas Hand los, ging auf ihn zu und besah ihn sich. Er wich nicht aus. Ka wartete.

Komm, sagte er.

Sie auf dem Balkon ein schwarzer Schattenriß. Gleißende Sonne, Schnee auf den Hausdächern ringsum. Ihre Worte dampfen in kalter Luft. »Du«, sagt sie, »bist der Grund, warum ich hier stehe, du bist der Grund, daß ich noch in der Stadt bin, ohne dich wäre ich schon tot.« – Vorhänge bauschen sich in den Raum hinein. Das Licht ist derart grell, daß meine Augen schmerzen. »Du bist ja betrunken«, stammele ich. – »Betrunken?« kreischt sie. Sie beugt sich über die Balustrade. Weit unten hupt ein Auto. Die Ampel springt auf Grün um. Ich höre eine Autotür zuschlagen.

»Siehst du was?« frage ich.

»Ein junger Mann ist ausgestiegen und geht über die Straße. Er betritt Rosis Kramladen. Er sieht aus wie ein Kinderspielzeug in seinem Pelzmantel.«

»Ist er hübsch?«

»Wie ein Spielzeug«, antwortet sie.

Als ich sie kennenlernte, war sie siebzehn und hatte immer Angst. Nachts schreckte sie hoch und hob die Arme und kämpfte und schlug um sich, doch nur mich konnte sie mit ihren Schlägen treffen. Wenn es mir gelungen war, sie zu wecken, entschuldigte sie sich unter Tränen und weinte, bis sie erneut einschlief. Ich streichelte sie wie ein Kind. Irgendwann zog sie sich die Decke über den Kopf.

Eines Morgens war sie verschwunden. Kein Gruß, kein Zettel, keine Auskunft.

»Ob er was kauft, der Spielzeugmann?« frage ich.

»Ich kann es nicht sehen«, entgegnet sie. »Spielzeugfiguren kaufen aber immer was, die haben die Taschen voller Geld.«

»Was kauft er denn?« will ich wissen.

»Was er zum Leben so braucht: Brot zum Beispiel und eine Straßenkarte. Ohne Straßenkarte findet er sich nicht zurecht im Spiel.«

Erst vor drei Tagen habe ich sie wiedergetroffen. Ich saß auf einer Bank im Park und betrachtete den gefrorenen See. – »Wie lustig die Enten aussehen«, frohlockte eine Stimme. – Ich hob die Augen und sah sie neben mir stehen. Das Mädchen war eine Frau geworden. Ihr Bauch ganz dick, sie war hochschwanger. Nur Enten sah ich nicht.

»Er braucht lang für seinen Einkauf«, sage ich.

»Natürlich«, erwidert sie eifrig, »er muß sich ja auch die Taschen vollpacken. Rosi macht ihm Komplimente und schwatzt ihm Süßigkeiten auf.«

»Süßigkeiten?« frage ich ungläubig.

»Zuckerkram und Gebäck und so, das mag er gern. Und seine Frau mag es ebenfalls, und an die denkt er oft, auch in Rosis Laden.«

»Wirklich?« Meine Stimme klingt wie die Stimme eines Fremden. Wie die Stimme eines jungen Mannes vielleicht, damals waren wir beide jung. Manchmal erfanden wir miteinander Geschichten, so wie jetzt.

»Er schaut sich alles ganz genau an, die Regale, die bis unter die Decke reichen und sich unter der Last der Gegenstände biegen. Vielleicht braucht er ja noch Kerzen oder eine Vase ...«

Sie beugt sich über das Geländer. Der Tag draußen ist so kalt, daß es mich auch im Zimmer fröstelt.

»Eine Stoffente«, murmele ich.

»Eine Stoffente?«

»Für seine Frau«, sage ich leise und senke beschämt den Kopf. Auf einmal bin ich so traurig, daß ich weinen könnte.

Sie war hübsch früher. Ihre Augen waren groß und scheu und sie trug ein Plüschäffchen in der Hand, als ich sie das erste Mal sah. Als ich sie ansprach, tat sie wichtig und sagte: »Den will ich meinem kleinen Bruder schenken.« Dabei war das Tierchen schon alt und zerzaust und das Fell ganz fleckig. Einen Bruder hat sie nie gehabt.

Sie ist früh von ihrem Elternhaus fortgelaufen. Die Eltern suchten mit Polizei nach ihr und schickten sie zum Psychologen. Auf einer Geburtstagsfeier wurde sie von einem Nachbarn vergewaltigt: Das erzählte sie mir in einer dieser Nächte, nachdem sie mit all ihrer Kraft gekämpft hatte. Die Einrichtung des Zimmers, in dem es geschah, schilderte sie so genau, daß ich es auch in diesem Moment noch deutlich vor mir sehe: wie gemalt.

»Und eine Flasche Sekt«, ruft sie aus.

»Gibt es denn Grund zu feiern?« will ich wissen.

»Für ihn schon«, behauptet sie.

Ich will nachfragen, finde aber nicht den Mut, meine Stimme zu erheben. Vielleicht bin ich schon zu traurig dafür.

»Da steht ja einer«, ruft sie erschrocken aus und weist mit der Hand nach vorn. »Auf dem Balkon gegenüber.« Sie droht mit der Faust und zischt wütend.

»Jetzt ist er schon weg«, kichert sie. »Hat den Kopf eingezogen und so getan, als würde er mich gar nicht sehen ... Ich hasse es, wenn mich einer so anstarrt.«

Und du?, will ich fragen. Der Spielzeugmann? Der Kramladen? Vor drei Tagen am See erschrak ich über ihr Gesicht, die Augen waren dunkel gerändert und die Zähne braun von Zigaretten. Mich ekelte sogar vor ihr, bis ich sie nach einigen Minuten ganz wiedererkannt hatte. Seitdem wohnt sie bei mir.

»Ich mag den Balkon, er ist wie eine Loge im Theater«, sinniert sie. – Oder wie eine Bühne, denke ich. In meinem Tagebucheintrag über diesen Morgen werden alle Menschen wie Spielkarten sein, nehme ich mir vor, ob sie auf dem Balkon stehen, über die Straße gehen oder einkaufen. Bube, Dame, nur kein As.

Das Licht ist so hell, ich versuche mich hinter dem Schatten, den ihr Körper in den Raum wirft, zu verstecken. Da aber bückt sie sich, so daß das Scheinwerferlicht mir direkt ins Gesicht strahlt: Gab es den Moment, in dem man ihr hätte helfen können? Den einen Moment, in dem man sie in den Arm hätte nehmen müssen, um sie vor dem Balkon zu bewahren, auf dem sie jetzt steht? »Und das Kind?« stammele ich. – »Ich will es nicht haben, durch mich will es sich ja nicht einmal selbst haben, es stürzt den Balkon hinab, während ich noch hier stehe. Ich warte ja nur noch auf den Moment des Entschlusses.«

»Spring nicht!« rufe ich, ich stürze hinaus und reiße sie mit beiden Armen von der Balustrade zurück.

Es ist aber nur der Pullover, den sie hinabgeworfen hat, ich sehe ihn durch die Luft flattern. Dann liegt er im Schnee, eine Fußgängerin hebt ihn vom Boden auf und winkt uns damit zu. Schließlich legt sie ihn auf ein Autodach und geht weiter.

»Spielkarten will er kaufen«, sage ich.

»Spielkarten?«

»Er spielt um das Kind. Und er gewinnt. Die Flasche wird geöffnet, Gläser klirren, man stößt miteinander an.« Ich habe ihr Gesicht umfaßt und starre ihr in die Augen. Jetzt kann ihr Blick mir nicht mehr ausweichen, ich zwinge sie, ich presse ihren Schädel, bis die Augen zu mir vorquellen. »Auch die Mutter lebt«, sage ich. »Bube, Dame, König, As.«

»Ich mag Kartenspiele nicht«, bringt sie hervor. – Ich spüre, daß sie am ganzen Körper zittert, Kälte und Angst sind eins. Über den Balkon fliegen Vögel. Mein Griff ist so stark, daß ihr Kopf wie eine Nußschale platzen wird. Tränen glänzen in ihren Augen.

Der Mann tritt aus Rosis Laden, die Zeitung unterm Arm. Er steckt sich eine Zigarette in den Mund. Er geht zum Auto, sieht einen Pullover auf dessen Dach, wirft ihn nach einem Moment des Zögerns auf den Gehweg. Schweigend gehen wir in die Wohnung und schließen die Balkontür.

Ingo Schulze *Berlin Bolero*

»So ein schmieriger Typ!« Sie drückte das Glas wieder gegen ihre Wange. »Und du machst da mit. Die ganze Zeit bleibst du stur. Aber bei so einem ... Ich kapiers einfach nicht!«

Robert spreizte die Finger. Er war sich nicht sicher, ob er die Warze auch spürte, wenn sie nicht am Mittelfinger rieb. Erst hatte sie sich wie Schorf angefühlt, jetzt mehr wie ein Krümel Toastbrot.

»Höchstens vier Wochen«, sagte er und sah kurz auf. Sie lehnte immer noch in ihrem dunkelblauen Bademantel am Fensterbrett, den rechten Arm unter der Brust, den linken Ellbogen auf die Hand gestützt.

»Wenn sie sich an den Plan halten noch zwei, noch zwei Wochen.«

»Sowas von unappetitlich.« Sie nippte am Weinbrand. Der rote Striemen auf ihrer Wange verblaßte allmählich. »Ich versteh nicht, wie du das machen konntest, ich verstehs einfach nicht.«

Der Rest Weinbrand schwappte im Glas hin und her wie die Wellen in diesem Würfel, den er jedesmal, wenn er beim Zahnarzt die Chipkarte abgab, in die Hand nahm: Ein weißes Segelboot hielt sich auf haushohen blauen Wellen, schwamm immer oben, immer mit dem Segel im Wind, selbst wenn er den Würfel umdrehte.

Seine Finger schoben sich ineinander. »Wir haben 96 Wochen durchgehalten. Und jetzt sind es noch zwei ...«

»Beschissene 96 Wochen!« Sie kniff die Augen zusammen und öffnete den Mund. Das Glas war leer. Alles für die Katz ...«
»Das waren keine beschissenen 96 Wochen, Doro, keine ...«

»Nicht nur beschissen, es war ... Wie nennst du denn das, wenn im Hausflur Sonntagstreff für Penner ist, die sich beim

Pinkeln nicht mal wegdrehn, wenn die Wäsche im Schrank verdreckt, weil erst die eine und dann die andere Wand angebohrt wird, nie Licht, immer diese beschissene Plane vorm Fenster, und dann darf ich noch froh sein, wenns nur die Plane ist, wenn nicht so ein beschissener Typ vorm Fenster hockt und mir seinen beschissenen Finger zeigt.«

»Was?«

»Ach Robert, wo lebst du denn.« »Wer hat dir? Würdest du den wiedererkennen?«

»Red kein Blech ...« »Ich weiß, was ich sage.« Er war aufgestanden. Aber so wie sie ihn ansah - er wollte nicht vor ihr stehen, ohne sie berühren zu dürfen. Das dunkelgelbe Licht vom CD-Spieler überraschte ihn.

»Du weißt vielleicht, was du sagst, aber du weißt nicht, worüber du sprichst. Hast doch sonst mehr Phantasie.« Sie rollte das leere Glas zwischen den Handflächen, als sie auf ihn zu kam.

»Doro«, sagte er. »Dieses Dreckszeug ...« Er hatte mitgezählt und vergaß es auch jetzt nicht. Dieses Glas, randvoll, zählte doppelt. Sie kniete sich hin, die Hände auf den Couchtisch gestützt, und schlürfte den Weinbrand ab. Eine Haarsträhne fiel über den Glasrand. »Das ist doch gar nicht so schlecht, das Dreckszeug von deinem Freund, von deinem Kumpel.«

Beim Aufstehen hielt sie sich am Sessel fest. Er wollte ihr keine Vorwürfe machen. Er wollte, daß sich auch diese Minuten in ihr Leben fügten wie alle anderen bisher. An jede Stunde sollten sie sich erinnern können, ohne etwas zu bereuen.

»Kumpel«, wiederholte sie und versuchte im Gehen zu trinken. Wenn Robert diesem Mann einen Vorwurf machen konnte, dann den, daß er das Zeug hier eingeschleppt hatte. Sie tranken beide keine scharfen Sachen. An sowas mußte man doch denken.

»Dein Kumpel.«

»Noch zwei Wochen«, sagte Robert, sah auf seine Hände

und auf die nackten Zehen. Ob er seine Füße wiedererkennen würde, allein die Füße? Die Hände schon.

Seit er sich regelmäßig die Nagelhaut schnitt, waren sie ihm vertraut.

»Alles ist klar gewesen, von Anfang an.« »Von Anfang an!« Sie fuhr herum. Dann sagte sie ruhig: »Mit jeder Woche müssen sie draufzahlen, immer mehr, von Woche zu Woche - sie sind steil nach oben gegangen, ganz steil. Und du sagst, wir hätten darüber gesprochen. Ihr werdet das nie kapieren!« »Setz dich doch.«

»Ich dachte, du bist clever, du läßt sie zappeln und am Ende - .« Sie ballte kurz die Faust. Schweiß glänzte auf ihrer Stirn, auch über der Oberlippe.

»Wenn das alles weg ist ...« Er sah sie an, er wollte weiterreden. Wenn sie vom Bett aus erst wieder den Fernsehturm sehen könnten, das Blinklicht, ihren Stern, und tagsüber die Elstern auf der Antenne und dem Schornstein gegenüber und morgens die Schatten, die an der Hauswand herabsanken, bis die Balkone nur noch einen kurzen dunklen Wimpel warfen, ein Fähnchen, als käme der Wind vom Friedrichshain. Robert sah den Efeu mit seinen Tintenfischarmen, die Fahrräder im Hof ... Sie lachte.

»Ich mach das doch nicht zwei Jahre mit und sag dann: Dankeschön! Ist wirklich nett geworden, schönes Treppenhaus, feiner Anstrich!«

»Nicht so laut!«

»Du bist so ein Depp! Was glaubst du denn, woher der so ne Zahl nimmt ... einhundertachtzigtausend, genau zwanzigtausend mehr! Du hättest zweihundert verlangen können. Zwei ...« - sie malte die Zahlen mit der freien Hand in die Luft - »und fünf Nullen. Hat er dir irgendwas gezeigt, irgend einen Wisch, daß die Wohnung ihm gehört?«

Das Licht des CD-Spielers störte Robert, als würde da noch jemand hinterm Sessel warten. Jede Woche nahm er sich aus dem blauen Zehnerpack klassischer Musik, das ihm Dorothea geschenkt hatte - zehn CDs für achtundachtzig Mark -, eine heraus. Die meisten Komponistennamen kannte er, nur die Titel und den Dirigenten und das Orchester mußte er lernen wie früher Russischvokabeln. Er kam nicht darauf, welche CD er zuletzt gehört hatte.

»Du hättest wenigstens mal fragen können, bevor du so großzügig verzichtest - als würde es mich überhaupt nicht geben, Luft, einfach nur Luft ...« Sie machte kehrt, ging in den Flur, schlenkerte den Arm, das Glas zwischen den Fingerspitzen. Sie stellte es hart auf dem Telefontisch ab. Mit ein paar Schritten war er hinter ihr.

»Ich renn dir schon nicht weg!« rief sie, ohne sich umzusehen, streckte die Arme zur Seite, als balancierte sie. »Du Klotz, so ein verdammter Klotz bist du!«

»Doro«, flüsterte er, »die Kinder.«

»Ich muß mal!« Sie zog die Toilettentür hinter sich zu. Seine Arme sanken herab.

Im Wohnzimmer setzte er sich aufs Sofa, dahin, wo eine halbkreisförmige Falte den Platz markierte, von dem er aufgestanden war.

Wenn sie wieder über die Schwelle trat, mußte er wissen, wie der Abend weiterging, wie sie ins Bett kommen und einschlafen würden. Erst mal im Bett wäre das Schlimmste überstanden. Er befolgte den Rat aus dem Buch, das er in den Pausen auf Arbeit las: in »zeitdichten Schotten« leben. Er mußte Dorothea und sich nur durch diesen Abend bringen, durch diese Nacht. Er vertraute dem Morgen, der halben Stunde in der Küche, wenn er die Kinder angezogen hatte und Dorothea hereinkam und er ihr Milch in den Kaffee goß. Wenn er mit den Kindern das Haus verließ, stand das Geschirr schon in der Spülmaschine.

Zweieinhalb Jahre hatte er an der Wohnung gebaut, zuerst Etagenheizung und Elektrik, dann jeden Raum einzeln, die Dielen abgeschliffen, die Fenster aufgearbeitet. Mit jedem Dübel, jeder Ringschelle, jedem neu gestrichenen Türrahmen hatte er sich sicherer gefühlt. Am sichersten fühlte er sich aber durch die Jungs. Wenn Dorothea ihren Uni-Klüngel einlud und durch die Wohnung führte und wenn er, die beiden Jungs auf dem Arm, im Wohnzimmer erschien zum Gute-Nacht-Kuß und Dorothea sagte: »Hier, meine drei Männer!« - So gut wie ihm ging es dann niemandem sonst, zumindest niemandem, den er kannte.

Robert hatte Zimmermann gelernt und war fast zehn Jahre von Baustelle zu Baustelle gezogen. Drei Jahre hatte er Heizungen montiert und anderthalb Jahre Büromöbel geliefert, geschleppt und aufgebaut. Zweieinhalb Jahre arbeitete er jetzt schon beim Catering Service »Magnum«. Er war nie entlassen worden. Die Firmen hatten immer Pleite gemacht. Einen wie ihn entließ man nicht, da ging er jede Wette ein. Zu tun gibts doch genug - na also. Und Dorothea? Er hatte sich nichts bei ihr ausgerechnet und war deshalb ganz unbefangen geblieben. Mit einunddreißig war sie zum ersten Mal schwanger. Er hatte nicht gewußt, daß man derart lange studieren konnte. Wenn sie mal Arbeit bekam, wenn sie mal acht Wochen irgendwo was machen durfte, dann ohne Bezahlung. Sie freute sich immer so darüber, daß er jedesmal annahm, sie hätte was Festes. Aber das brauchte sie gar nicht. Er sorgte schon für seine Familie, er wußte, was gut für sie war. Er brauchte keine Ratschläge, schon gar nicht von diesen Baufritzen. Die hatten zur Mieterversammlung eingeladen und Dorothea angestarrt und waren dann ganz aus dem Häuschen geraten, als sie sie reden hörten. Das hatten sie hier nicht erwartet, eine Landsmännin, in so einer Wohnung. Er hatte den Kampf aufgenommen.Nur einmal war der Mietvertrag aus der Schatulle gekommen - für dreißig Minuten. Die brauchte er, um in die Greifswalder zu gehen, wo er im Kopierladen auf Dorotheas Karte Rabatt bekam. Das Original durfte auf den vielen Wegen nicht verloren gehen oder auch nur einen Knick abbekommen.

Er hörte die Klospülung und wußte nicht mal, ob er aufstehen oder sitzen bleiben sollte. Dorothea war jetzt vorbereitet, hatte sich ganze Sätze zurechtgelegt. Er würde nur wiederholen können, daß in zwei Wochen ... wenn die Plane fiel und das Gerüst ... nach 98 Wochen wieder Himmel, ein Feiertag, Tag des Sieges ... Zum ersten Mal spürte er keine Freude.

Ein halbes Jahr war nichts passiert. Dann kam der Aushang: erhöhte Einbruchgefahr wegen Gerüst. Er hatte Reizspray gekauft und in jedem Zimmer eine Dose deponiert. Und dann die Plane. Von einer Plane war nie die Rede gewesen. Zehn Monate hatten sie dahinter geschmort, ohne daß ein Bauarbeiter erschienen war. »Jetzt werden wir vorgegrillt«, hatte Dorothea gesagt. Er sagte allen: »Wenn keiner auszieht, können sie gar nichts machen.«

Als es los ging, klingelten die Baufritzen jede Woche, und schließlich standen sie jeden Tag vor der Tür. Er wollte keine Veränderungen. Er mußte nicht erst schlechte Erfahrungen machen, um zu wissen, was gut ist. Er war an seinem Platz, und von dem ging er auch nicht mehr weg. »Wollen wir uns nicht mal eine andere Wohnung anschauen? Nur anschauen, meine ich.« Er hatte Dorothea bloß gefragt: »Was gefällt dir an unserer Wohnung nicht? Was vermißt du? Was habe ich vergessen? Was möchtest du haben? Na also.« Die Baufritzen krochen herein wie der Staub, da halfen auch keine nassen Tücher. Er wollte nicht die Therme aus der Küche ins Bad verlegt haben, er wollte keine Fernwärme, er heizte mit Kohle, darauf konnte er sich verlassen - ob Stromausfall oder Krieg. Er hatte sogar einen zweiten Keller angemietet und Briketts kommen lassen, als Reserve. Und Kerzen, soviele, daß sie damit handeln konnten. Diese Typen konnten doch nichts anderes, als mit Geld herumschmeißen, und wenn das nicht half, mit mehr Geld und noch mehr Geld. Er hatte sich im Griff. Sie waren es, die sich schlecht benahmen, die die Geduld verloren und ihm alles Mögliche unterstellten. Ihm war es doch egal, woher sie anreisten und ob der Bauleiter in Neukölln oder Hellersdorf wohnte. Er wußte nur, daß das

Geld seine Familie kaputt machen würde und daß sie nicht aus der Wohnung gehen durften. Sie hatten eine Prüfung zu bestehen. Und er würde Dorothea schon helfen, stark zu bleiben.

Dieser Mann hatte es kapiert und heute abend seine Visitenkarte unter der Tür durchgeschoben. Er war höchstens dreißig, auch wenn er so wenig Haare auf dem Kopf hatte, daß man seinen Scheitel aus der Nähe gar nicht sah, seine Kopfhaut glänzte. »Wer solange durchhält, der zieht nicht mehr aus. Die pokern mit Ihnen. Und mich vertrösten sie bis ultimo.« Robert, er mochte den Lausitzer Dialekt des Mannes, hatte sich das erklären lassen.

»Ich hab die Wohnung gekauft, ihre hier, aber leer. Die da drüben«- er meinte die Baufirma -, »sagen, daß es nur ne Frage des Geldes ist, wann Sie ausziehen. Aber ich glaub das nicht mehr. Ich will mein Geld wieder, Rückabwicklung, verstehn Sie? Ich hab zwei Jahre gewartet. Die vertrösten mich doch bis ultimo.«

Endlich hatte es einer kapiert. Nie würden sie ausziehen, auch nicht für hundertachtzigtausend. Warum sollte Robert das nicht unterschreiben? Nun kriegtens die Baufritzen schriftlich, amtlich sozusagen. Als Dorothea nach Hause kam, war sein Besuch schon im Gehen. Der war rot geworden und hatte noch mehr geglänzt und einen Witz machen wollen und an der Fahrradklingel geratscht.

»Hast du dir mal überlegt« - Robert schrak auf, »wie lang du dafür arbeiten mußt? Sechs Jahre, sieben Jahre.« Sie sah ihn nicht an, nicht mal beim Reden, und zog den Bademantel am Kragen zusammen, als fröre sie .

»Zweihunderttausend, eine zwei und fünf Nullen, darüber haben wir nie geredet, darüber - nie.«

Er spürte das Flackern in seinen Augen, aber er erwiderte nichts. Er wußte es doch, er, der Klotz, wußte es nur zu gut.

»Ich dachte, ihr hättet das endlich kapiert, wie das funktioniert«, sagte sie, »aber ihr habt ja keine Ahnung.«

Er blickte auf. Dorothea lehnte mit der Schulter an der Wand.

»Weißt du ...« Ihr Kopf bewegte sich, als verfolge sie eine Melodie. Ein einziges Mal hatte Robert sie betrunken erlebt, noch vor der Geburt der Kinder. Den ganzen Heimweg über hatte sie geheult und nach ihm getreten. Er hatte sie hinter sich herziehen müssen wie einen störrischen Hund. Zum Glück waren sie kaum jemandem begegnet. Hätte er sie zurückgelassen, wäre sie erfroren. Das sollte sie nicht vergessen. Oft kam sie spät nach Hause, manchmal sehr spät. Aber morgens, in der Küche, war wieder alles gut.

»Weißt du ...« Sie ließ ihren Bademantel los, schob sich an der Wand entlang zur Tür und schwankte hinaus.

Er folgte ihr bis in den Flur. Die Klotür schlug zu, das Licht ging an, der Klodeckel knallte gegen die Wand. Sie würgte und gleich darauf ging die Spülung. Es war wie ein Auftritt in einem Fernsehspiel, wenn die Leute kurz erschienen, etwas sagten und wieder verschwanden und die anderen sich ratlos ansahen und das Lachen eingeblendet wurde, in das die Darsteller dann einstimmten. Danach war meistens Schluß oder Werbung.

In dem nachlassenden Rauschen der Spülung hörte er sie. Die Tür war nicht verriegelt. Er störte sich nicht an ihrem Aufschrei, nicht an der Hand, die ihn wegwedeln wollte, hinausscheuchen. Sie mußte doch wissen, daß mit ihm so etwas nicht zu machen war. Er schob sie ein Stück zur Seite, umfaßte sie mit der Linken und drückte sie gegen seine Hüfte. Sie beugte sich wieder übers Becken, sie würgte, hustete, spuckte. Mit der Rechten hielt er ihre Stirn. Ihr Bademantel war offen, die herabhängende Kordel lag auf seinen Zehen. Ein Speichelfaden reichte bis ins Klobecken. Das meiste war gelb und darin schwamm bräunlicher Schleim.

Er redete ihr zu, ruhig und gleichmäßig, während sie an dem Speichelfaden wie an einer Saite zupfte und wieder spuckte. Er hob ihre Stirn ein wenig und zog die Spülung. »Mach dir keine Sorgen«, sagte er. »Ganz ruhig, Doro, ganz ruhig.«

Allmählich kam die Welt wieder ins Lot. Wenn es sein mußte, würde er bis morgen früh durchhalten, keine Frage. Solange er ihre Stirn in seiner Hand spürte, konnte nichts Schlimmes passieren.

Eigentlich war alles so gekommen, wie es sollte, und seine Entscheidung endgültig. Er hatte alles richtig gemacht. Er fühlte sich wie das Schiff auf den blauen Wogen, das Segel immer im Wind. Und selbst dieses hochprozentige Zeug, dieses unüberlegte Geschenk, selbst das hatte seine Funktion. Wie hätten sie es sonst bis zum nächsten Morgen schaffen sollen, ohne Weinbrand, ohne Dorotheas Stirn in seiner Hand. Er war ihm dankbar, diesem Kerl mit dem glänzenden Schädel, wirklich dankbar. Auch ihm würde er die Stirn beim Erbrechen halten. Das würde er tun, egal, was sie da redete. Robert wußte jetzt, wie er sie durch diesen Abend, durch diese Nacht bringen würde. Wenn das hier vorbei war, durfte er nicht vergessen, den CD-Spieler auszuschalten. Dann würde er endlich sehen, welche CD er zuletzt gehört hatte. Der Wecker war gestellt. Er ließ sie reden. Mit der Linken strich er ihr Haar aus dem Nacken. Das mußte sich wie Streicheln anfühlen. Allein konnte sie sich nicht mehr auf den Beinen halten. Ihre Stirn war feucht und warm. Oder seine Hand? Spürte er seine rechte Hand oder ihre Stirn? Er schob sich weiter vor, so daß er den Ellbogen an den Rippen abstützen konnte. Er würde schon durchhalten. Er müßte nur die Seite wechseln, ihre Stirn in die andere Hand nehmen. »Du mußt alles rausbringen«, unterbrach er sie, »wirklich alles.« Warum hielt sie nicht endlich die Klappe?

Es war dann nicht mehr als eine Drehung des linken Handgelenks, eine Geste, die er von Dorothea kannte, wenn sie ihr Haar aufsteckte. Für einen Augenblick spürte er die ganze Schwere ihres Kopfes. Sein rechter Arm sank wie betäubt herab.

Robert war selbst überrascht von seinem schnellen Zugriff, als wäre er darin geübt. Zwischen den Fingern spürte er diesen Krümel Toastbrot, ihr Haar aber umhüllte seine linke Hand so wunderbar weich wie Seide. Immer weiter zog er Dorotheas Kopf nach hinten. Ihr Gesicht erschien direkt unter ihm. Sie blickten einander an, sie beobachteten sich, bis er begriff, daß es jetzt zu spät war, daß er sie nun nicht mehr einfach loslassen konnte. Und so sah er, da sie für einen Moment die Augen schloß, keinen anderen Ausweg, als ihren offenen Mund zu küssen.

Cecily von Hundt *Liebesgeschichte, 4. Stock*

»Los sag doch, wie wird es sein«, hatte ich meine Mutter gefragt und dabei den drahtigen Zopf um den Finger gewunden, dass es weh tat. »Dass es romantisch ist«, hatte sie mir versprochen und dabei an ihrer Zigarette gesogen, gierig, wie eine Verhungernde. Wir haben uns immer vorgestellt, dass meine Liebesgeschichte eine wirklich Schöne werden würde, mit Herzklopfen und mit ein wenig Grusel, als könne man kaum glauben, dass es wirklich wahr ist.

»Und dann« habe ich sie gefragt, »was wird dann passieren?« Sie hat die Asche von der Zigarette abgestreift und den Kopf auf die Seite gelegt wie ein kleiner Vogel. »Du wirst es sofort merken« hat sie gesagt. »Du wirst ihn sehen und es sofort wissen.« Immer wieder hat sie mit dem ausgedrehten Zigarettenstummel auf den Glasboden des Aschenbechers geklopft wie, um zu bekräftigen, was sie gesagt hat. Dass das kitschig sei, habe ich ihr vorgeworfen, aber vielleicht hatte sie recht. Irgendwie ist es ja dann auch so gekommen.

Ob ich ihm davon erzählt habe, frage ich ihn nebenbei, aber er bleibt mir die Antwort schuldig. Das hat er immer gekonnt, und ich presse die Luft flach aus den Lungen, wieder hinein, er soll nicht bemerken was das mit mir macht.

Die Hitze kommt in unser Zimmer, kriecht hinein, schmiegt sich an uns fest, nimmt mir beinahe den Atem, ich muß sie einatmen, schluck sie herunter als sei etwas Lebendiges in mir.

Es ist heiß, die Welt ist leise geworden, als halte sie den Atem an, um uns beiden zuzusehen wie wir hier zusammen liegen. Sie rollt sich unter der wattigen Hitze zusammen, schlingt die Arme fest um sich selbst.

Trotzdem friert er, seine Hände sind kalt, ich lege sie ineinander und schiebe sie unter die Decke. Seine Augen sind geschlossen, aber ich meine er hat mich angesehen, nur einmal, ganz kurz. »Lass das« sage ich und meine Stimme ist streng wie die einer alten Frau. Seine Augen waren schon immer schneller gewesen als seine Hände. Sie sind Bewegungen gefolgt, von langen Beinen, Haaren wie nachlässig über die Schulter geworfen und Blicken, schnell, frech. Hier sieh mich an, haben diese gesagt, sieh mich an und auch ich habe sie gesehen. Und dann sind seine Hände seinen Blicken gefolgt. Er hat nicht gewusst, dass ich es gewusst habe. Er hatte sich verraten. Die Stimme zu hastig und diese Augen, die hin und her schnellen als sei er auf der Flucht. Seine Hände hatten sich anders angefühlt, wenn er von den anderen wiederkam, als ob sie etwas von seiner Wärme an sie abgegeben hatten, Wärme die nicht für uns übrig war. »Ohne ihn wirst du nicht sein« hatte meine Mutter gesagt und weiche Wolken an die Decke geatmet, der Rauch strömte ihr aus der Nase und aus dem Mund und sie sah ihm versonnen hinterher als könne sie uns beide dahinter entdecken. Vielleicht hatte das schon damals einen seltsamen Klang gehabt, ihre Stimme hatte vibriert, während sie es gesagt hatte, wie ein Drohung hatte es geklungen. »Und dann«, wieder ein Abstreifen der Zigarette »gibt es keine Trennung mehr, nie mehr.« Sie hatte immer einen schlechten Geschmack gehabt, was gute Geschichten betraf. Sie endeten immer gleich. Ihre Zigarette hatte leise gezischt, als sie sie ausgemacht hatte, sie hatte den Filter hin und her gedreht, gequetscht bis das Weiße herausquoll. In diesem Punkt hatte meine Mutter recht gehabt.

Vor dem Fenster läuft eine Frau vorbei. Ihr hohen Absätze schlagen auf das Pflaster, wie Pistolenschüsse klingen sie und einen Augenblick meine ich sie würden ihn aufwecken, wie er da liegt und schläft. Seine Augen waren immer schneller als meine, sie sind diesen hohen Absätzen gefolgt, wenn sie auf sich aufmerksam gemacht haben, da waren sie wieder, die Blicke, die Hände die das Kleid glatt streifen, um zu zeigen, das sitzt perfekt, wie eine zweite Haut.

Es stinkt süßlich in der Wohnung. Die alten Fenster lassen sich nicht weiter öffnen und der Sommer hockt vor der Tür wie ein alter Affe, er laust sich das Fell und lacht sich ins Fäustchen. Ich habe versucht, mich zu waschen, aber das Wasser im Hahn wird weniger. Wir haben die Rechnung nicht bezahlt. Er hat sich nicht mehr an die Dinge gehalten, die wir besprochen hatten, ich die Socken und die Suppe, er den Strom. Das Telefon werden sie uns abstellen, da bin ich sicher. Dann sind wir beinahe nicht mehr da. Das macht mir keine Angst, ich kenne dieses Gefühl.

Seine Augenlider sind hell, beinahe durchscheinend liegen sie über seinen Augen, ich meine ihre Farbe erkennen zu können, grün, grün wie das Moos an den Bäumen, die Algen, die ich als Kind durch meine Finger habe gleiten lassen. Grün sei die Hoffnung sagt man. Das Telefon klingelt wieder. Einmal bin ich dran gegangen und ihre Stimme klang wie von weit her, wie tief vom Boden des Meeres. »Hannes, bist du es«, hat sie gesagt und in die Stille hinein habe ich atmen müssen. Sie hat auch geatmet und dann habe ich den Hörer auf die Gabel geworfen als wäre er heiß, heiß und ich hätte mir die Hände verbrannt. Der Schmerz bohrt sich in meinen Magen, wir haben seit Tagen nicht gegessen, ich habe keinen Hunger gehabt, er auch nicht. Die Fliegen sind auch wieder gekommen. Sie schmiegen sich mit ihren kleinen Rüsseln an unsere Haut, schmatzen leise, dass ich sie beinahe hören kann, sie vermehren sich , sind fruchtbar und fleißig und ich bin eifersüchtig, wenn ich sie auf ihm sitzen sehe, sie nehmen ein Stück von ihm und noch eines und noch eines.

Mit dem Essen hat alles angefangen. Wir waren immer gute Esser und plötzlich aß er nicht mehr. Er schob das weiße Fleisch auf dem Teller hin und her, als sei es etwas, das ihn anspringen könne. Es sei der Magen hat er dann gesagt und der Blick in seinen Augen tauchte von weit unten auf und kam mir nicht einmal nahe. Dass wir Großes miteinander vorhätten, hatte er plötzlich gesagt und dabei auf etwas nervös herum gekaut, das ich nicht entdecken konnte und ich war mir nicht mehr sicher, ob wir das nicht so oder so immer vorgehabt hatten.

Doch diesmal ist etwas anders gewesen und seine kühlen Hände haben mich geknetet als wäre ich glatter Teig. Von dem Tag an hat er anders geschmeckt, weniger salzig, weniger herb, weniger süß, einfach weniger. Ich habe ihn schlechter riechen können, beinahe erschien er mir verschwommen, als könne ich ihn kaum mehr sehen und da habe ich gewusst wie recht meine Mutter wirklich gehabt hat. Und dann hat er wieder mit dem Kopf genickt und mit dieser gehetzten Stimme gesagt, als sei einer hinter ihm her: »Wir beide, wir gehören zusammen«. Seine Hände sind meinen Nacken entlang gefahren und sie waren so kalt, dass ich einen Augenblick dachte, sie gehörten gar nicht zu ihm und er guckte aus dem Fenster an mir vorbei als er wiederholte »und wir haben noch Großes miteinander vor.«

Danach bin ich in die Küche gegangen. Es war der erste heiße Tag und die Luft war matt und schwer. Ich habe die Kastanie beobachtet und ihre weißen Blüten, die sie durch die Luft gezogen hat. Ich habe eine Zigarette geraucht, den süßbitteren Geruch eingeatmet und es hat sich kühl und schwer in meiner Hand angefühlt.

Er hatte geschlafen, so wie jetzt, den Kopf leicht auf die Seite gelegt und die Hände ineinander geschoben. Wie mühelos habe ich es in ihn hineingetrieben, es hat schön ausgesehen, ein feiner dunkler Faden, der sich in zwei geteilt hat, an den Händen hält wie wir es immer getan haben. Es war von so glatter, praller Schönheit, ich habe es in den Händen gewiegt und gehalten und es war warm und voller Leben und es gehörte mir. Es liegt in der Küche auf dem Tisch, auf einem großen weißen Teller und es hat sich verfärbt in der Hitze. Sein Herz ist anders als ich es mir vorgestellt habe. Es ist weicher.

Er scheint es nicht zu vermissen, wie er da vor mir liegt, die schönen Augen von den Lidern bedeckt.

Das Telefon klingelt wieder und sie wird es angestrengt an ihr kleines Ohr halten, mit der feinen, runden Muschel und dann wird sie den Hörer sinken lassen und sie werden es aufgeben, alle miteinander und dann sind wir endlich allein. Und ich werde zugeben müssen, dass meine Mutter recht gehabt hat, aber, dass es so romantisch ist, würde sie sagen, hätte selbst sie nicht gedacht.

Thomas Lang *Sex-Monster*

1

Die Kassette fährt mit einem satten *Flapp* aus dem Autoradio, eine ruppige Mechanik presst sie aus seinem Innern und das Ende starrt ihm fordernd entgegen, sie will angefasst, umgedreht und wieder eingeschoben oder über die Schulter in den Fond geworfen werden. Der Spieler hat kein Soft-touch, es kostet Kraft, die Tasten zu bedienen. Tap spürt, dass seine Aktionen das Gerät steuern und nicht umgekehrt. Er kann jetzt keine Musik hören, sie belagert ihn, statt ihn auszufüllen. Stimmen können Feinde sein, so aggressiv wie die Lichter des *Strip*, auf den sie vor einer Weile eingebogen sind. Das Geblinker der Ambulanz vor ihm ist hier kaum noch wahrnehmbar. Las Vegas ist durchgedreht, er mag die Stadt nicht, obwohl er von ihr lebt, er sehnt sich nach einer Stadt mit normalen Strukturen, aufgeräumten Wohnquartieren und einem nüchternen Geschäftsviertel. Sollte Rachel sterben, würde er mit seiner Tochter woanders hingehen, nach Kalifornien oder zurück nach Michigan. Aber sie wird nicht sterben, sie hat nur höllische Schmerzen im Unterleib. Wenn es so ist, wie er vermutet, wird man sie sicher behandeln können. Hör auf, dir solche Gedanken zu machen, ermahnt Tap sich laut, das tust du nur, weil du dich schuldig fühlst. In der kokonhaften Stille des Wagens bleiben die Worte stehen wie an die Scheiben gemalt. Tap blickt über die Schulter, Kathy schläft. Sie soll nichts davon hören, das wäre ihm unangenehm, auch wenn sie erst drei ist.

Nebenan gibt ein riesenhafter Pick-up Gas, der Motor röhrt wie ein Lastwagen und schiebt sich um eine halbe Länge nach vorn. Durchs Seitenfenster sieht er die Schnauzen zweier

Delfine, die auf die Seitenfläche des Mini-Trucks lackiert sind, dann auch ihre Körper. Es ist ein Wagen vom *Dolphin-Dreams-Hotel.* Vom oberen, hellen Delfin ist nur der Rand sichtbar, eine exakte Kopie des unteren, dunkleren, der im Sprung gekrümmt über einer blauen Welle schwebt. Tap spürt wie ihm heiß wird. Eine blödes Logo reicht aus. An diesem Tag hängt alles auf verfluchte Weise zusammen. Die Delfine landen im weithin spritzenden Wasser, Ilona beugt sich lachend vor und gewährt ihm einen tiefen Blick in ihren Ausschnitt. »Sehen Sie«, sagt sie, als würde sich alles von selbst erklären. Ihre Hand zeichnet schwärmerisch die Bewegung der Tiere nach. Später liegt sie auf seinem Oberarm, wandert auf seine Brust.

So nahm das Unheil seinen Lauf. Immer noch sucht Tap nach einem kleinen Teil, das ihm in der Geschichte fehlt, eine Verbindung, die seinem Gefühl nach bestehen muss, zwischen seiner ersten Begegnung mit ihr und dem Wiedersehen vor dem *Mirage-Hotel.* Er glaubt dem Zufall nicht. Oder doch ein wenig, denn was kann es anderes gewesen sein als Zufall, als sie sich an seinem Schalter anstellte, besser gesagt, ziemlich weit vorn einreihte, und zwar so geschickt, dass kaum jemand murrte? Das war sein erster Blick auf die große Deutsche. Als sie vor ihm stand und ihre mit steinharten Konsonanten gespickten Antworten auf die immergleichen Fragen gab, machte sie ihn zum ersten Mal fassungslos. »Ich lerne hier, Delfine zu masturbieren.« Kein Zweifel möglich. Während sie es sagte, blitzte in ihren Augen ein Licht auf, das sich wie ein Laserstrahl in Taps Unterleib bohrte, dahin, wo er die Samenleiter vermutete. Er musste schlucken, er wurde rot und heftete schnell das Visum in ihren Reisepass, der nicht mehr lang genug gültig war. Er brachte es nicht fertig, sie wortlos durchzuwinken. »Genießen Sie Ihren Aufenthalt«, sagte er und sie, schon halb am Schalter vorbei, lachte laut und rief: »Genießen werden andere.« Dabei machte sie eine kraftvolle Handbewegung, die zum angegebenen Grund ihres Aufenthalts passte. Es war zu spät, um ihr hinterherzurufen und sie in ihr verdammtes Land zurückzuschicken. Abends fand Tap den schief zusammengefalteten Zettel mit ihren Angaben zu Hotel und Reisedauer in seiner Hemdtasche. Er las ihn und warf ihn in seinen Spind.

Las Vegas leuchtet wirklich. Die Aussicht von der Straße ist nicht ganz so berauschend wie vom *Stratosphere Tower*, doch die großen Hotels sieht Tap auch von hier, lila und rosa, platinbleich, grün und golden scheint hinten das *Mirage* auf. Da wollten Rachel und er immer ihre Hochzeitsnacht nachholen, nun hat er sie dort betrogen. Er ist froh, dass er nicht vorn bei ihr im Krankenwagen sitzt, wie er es vorhin wollte. Was sollte er da? Ihre Hand halten, falls sie ihn ließe, beruhigend auf sie einreden: Es wird alles gut, mach dir keine Sorgen? In seiner Vorstellung reagiert Rachel aggressiv wie an dem Tag, an dem er alles gestand, beschimpft ihn, ist außer sich über seine Lügen. Er fragt sich, warum er keine Symptome hat, während sie vor Schmerzen schreit. Doch so was kommt vor, er hat es schon gehört. Die Ambulanz rollt gelassen die Straße runter, solange der Verkehr nicht stockt, schweigt sogar der Alarm. Nur ihre Lichter blinken hilflos in das Gleißen der Reklamen. Das *Mirage* ist kein Hotel, sondern ein Dschungel. »Du musst dort gewesen sein, um das zu ermessen.« Wieder hat er laut gesprochen. Er kannte es nur von außen, den künstlichen Vulkanausbruch vor dem Hotel schaute er anfangs gern an, die weißen Tiger oder das Aquarium dagegen interessierten ihn nicht. Trotzdem hat er nun alles gesehen, er ist mit Ilona praktisch überall in dem riesigen Komplex gewesen. Auch in ihrem Zimmer. Sie hat ihn mitgezogen, wie eine Rolltreppe, auf die man versehentlich tritt, einen unweigerlich runter bringt. »Nur auf einen Drink«, lockte sie, »wir gehen einfach durch diese Tür.« Das *Muscles&Nerves-Studio* lag ganz in der Nähe, sonst wäre er nicht mal hier vorbeigekommen. Er hatte es eilig, Rachel wollte mit ihm zu einem Konzert gehen und der Babysitter würde bereits da sein. Bevor er richtig nachgedacht hatte, saß er unter den luxuriösen Baldachinen einer blumengeschmückten Hotelbar, umgeben von polynesischen Mädchen und Funk-Musik, Ilona nah an ihn rangerückt. Sie trug ein Bikinitop, das sie später gegen eine flatternde rote Bluse tauschte. Das Top war so knapp, dass er ein paar Mal dachte, ihr Brüste würden rausfallen. Dazu kam die Klimaanlage. Tap spürte die Kälte auf seiner Haut kribbeln. Sie lachte, weil er einen Milchshake bestellte, und berührte ihn zum ersten Mal. Als er gebracht wurde, wollte sie probieren. »Gottverdammt, das ist ein höllisch guter Milchshake.« Ilona leckte sich den Geschmack vom Gaumen.

»Hab ich doch gesagt.«

»Ich weiß nicht, ob er fünf Dollar wert ist, aber er ist verdammt gut.«

Fünf Dollar für einen Milchshake! Danach trank er einen Cocktail, den ersten seit College-Zeiten. Er weiß nicht mehr, ob sie da noch in derselben Bar waren. Es gab ja so viele davon, fünf oder zehn. Tap erinnert sich an die *Onda Lounge*, die *Sports Bar* und natürlich die *Dolphin Bar* mit ihrem Ambiente aus Grotten, majestätischen Palmen und Wasserfällen. Einmal kam ein Delfinpaar auf diese Seite des Pools geschwommen, vollführte Simultansprünge und schoss auf eine Platte knapp unter der Wasseroberfläche. Da lagen sie und spritzten mit den Schwanzflossen die Leute am Pool nass. »Welche Art von Delfinen?« fragte er, ehrlich interessiert. Ilona lächelte kurz, dann wurde ihr Gesicht zu Stein. Sie antwortete nicht. Der Cocktail trieb Tap zu einer Hartnäckigkeit, die er sonst nur am Zoll besaß. Er konnte sich nicht vorstellen, wie sie es tat. Schwamm sie neben den Delfinen her oder kamen sie zu ihr und sprangen auf dieses Brett wie die beiden eben? Er fragte sie. Nicht unvermittelt, er erkundigte sich nach ihrer Ausbildung. Ilona prustete in ihr Glas.

»Du hast mich ins Bockshorn gejagt.« Er versuchte einen geraden Blick in ihre steingrauen Augen. Sie bestritt es.

»Als Delfintrainerin versuche ich, den Tieren ein friedliches Miteinander zu ermöglichen. In Gefangenschaft«, sie zeigte auf das Becken, »haben Delfine nur sehr eingeschränkte ... Kontakte.

Häufig sind sie zur Monogamie gezwungen. Deshalb helfen wir ihnen. In Freiheit haben Delfinbullen bis zu 50-mal täglich Sex.«

»Delfinbullen«. Tap hob seinen Finger für einen weiteren Drink. Das Wasser im Pool kräuselte sich, wahrscheinlich tauchten sie gerade unten vorbei. »Sie haben Muskeln im Penis. Ihre Erektionen werden bis zu 36 Zentimeter groß und nehmen eine leuchtend rosa Färbung an.«

Sie zeigte die Länge mit den Fingern.

Der Verkehr stockt. Der Krankenwagen lässt die Sirene heulen und schert nach links aus. Tap bleibt dran, er will mit Rachel in der Notaufnahme warten. Er stellt sich vor, ihre Hand zu halten, dabei weiß er, dass er das bestimmt nicht tun wird. Er wird irgendwo die Formalitäten erledigen, voraussichtlich wird er nicht mal den Mut haben, zu ihr zu gehen, wenn er damit fertig ist. Später wird er zu Hause vor dem Fernseher liegen und auf den Anruf der Klinik warten. Wieder muss Tap sich vorstellen, dass nicht seine Frau am Apparat ist, sondern jemand aus der Verwaltung, »es tut uns Leid, Mr. Mewman, wir müssen Ihnen mitteilen« und so weiter. »Es tut mir Leid, Tep«, sagt Ilona, nachdem sie ihm einen Drink auf die Hose geschüttet hat. Sie legt ihre Hand auf den Fleck, er breitet sich noch mehr aus.

Das war in einem der Casinos. Er hatte noch nie vorher gespielt, Ilona mochte die Würfel und zeigte ihm, wie es geht. Sie lachte über seine Vorsicht beim Setzen, sie selbst spielte riskant und erntete begeisterte Ausrufe, wenn sie gewann. »Du solltest Sissy spielen sehen«, sagte sie, »die hat gestern nacht 6.000 Dollar gewonnen. Vielleicht kommt sie nachher.« Der Fleck regte ihn auf. Er dachte auf einmal wieder an Rachel, die hoffentlich allein zum Konzert gegangen war. Falls sie zu Hause auf ihn wartete, würde ihre Wut nicht verraucht sein, bis er zurückkam. Sollte sie wütend sein. Ohne einen Grund dafür angeben zu können, fühlte Tap sich ihr gegenüber im Recht. Was hier geschah (nichts Schlimmes so weit), berührte ihr Verhältnis doch gar nicht. Schon wieder kam ein Mädchen mit Drinks vorbei. Sie war gekleidet wie ein Hotelpage, nur dass in ihrer Jacke links und rechts der Knopfleiste vom Kragen bis auf den Busen kein Stoff war. Vorn lief die Jacke in eine Art Body aus, sie hatte lediglich Strumpfhosen an.

In den *Secret Gardens* streifte sein Blick durch erholsames Grün. Es dämmerte, der Garten würde bald geschlossen. Hier, im Reich der Tiger, waren die Delfine weit weg und er bekam besser Luft. Sie gingen untergehakt, er spürte bei jedem Schritt ihre Brust an seinem noch vom Training gespannten Oberarm. Ein angenehmer Ausklang für eine merkwürdige Begegnung, dachte er. Ilona zeigte auf ein Gebüsch. »Da, Tep! Siehst du seine Augen durch die Zweige glühen? Das ist Montecore. Er hat einen der Magier zerfleischt.«

»Er wollte ihn beschützen.« Tap klang heftig. Ilona schaute ihm in die Augen. Es raschelte in den Zweigen. »Er hat ihn von der Bühne geschleift wie ein Junges«, setzte er leiser hinzu. »Das ist, was ich gelesen habe.«

Die Augen des Tigers beginnen zu blinken, sie mischen sich in die Lichter vor ihm auf der Straße. Tap fühlt sich wie in einem Kühlschrank, nicht nur weil es kalt ist in dem Wagen. Er lässt das Fenster runter. Mit der trockenen, heißen Wüstenluft kommt der Straßenlärm herein. Er stellt den Seitenspiegel so, dass er Kathy betrachten kann. Sie schläft nach wie vor, ihr Kopf ist nach links gesunken, mit einer Hand hält sie noch im Schlaf ihren *Curious George*. Die Streitereien in den letzten Wochen haben sie nervös gemacht, sie schreit oft und will, wie mit sechs Monaten, dauernd auf Rachels Arm sein. Als er dem Mädchen kürzlich einen Orca-Wal aus Plüsch mitbrachte, schimpfte Rachel: »Das ist ein Killer.« Kathy hat nie damit gespielt. Alles hängt irgendwie zusammen.

Die Lifte im *Mirage* waren superschnell und riesig – die größten, die er je gesehen hat. Auf der Fahrt nach oben schaute er in den Spiegel, Ilonas Haut lohte und sein Gesicht hatte die Farbe von Honig. In einem anderen Spiegel oben im Flur wirkte es fahl. Als sie die Tür öffnete, spürte er sexuelle Energie um seine Mitte, die Erwartung des Abenteuers. Der Raum war in Gelb- und Rottönen gehalten, durchs Fenster sah man den letzten violetten Schein des Himmels über schwarzen Bergen. Vor seinen Augen zog Ilona ihre Bluse aus und schlüpfte ohne Eile in ein Kleid, das auf dem Bett gelegen hatte. Es passte so perfekt zur Umgebung, dass sie mühelos in den floralen Mustern der Bettbezüge und Teppiche hätte verschwinden können. Ilona war angetrunken, ihr Englisch wurde dadurch etwas weicher. »Ich zeig dir den Grand Canyon«, sagte sie, während er verständnislos, angetan vom Luxus des Zimmers, vorwärts wankte. Sie schubste ihn auf eines der beiden Betten an der Wand und warf ihm eine Fernbedienung zu. Tap beobachtete, wie der dunkelnde Himmel in die Berge schmolz. Zwei Gläser und einen Reefer in der Hand, kam sie zurück. Sie warf sich neben ihn und rauchte. Als sie ihm die Zigarette hinhielt, zog er. Der Geschmack war ihm fremd, panisch versuchte er den Rauch loszuwerden, was ihm, da er inhaliert hatte, nur zu spät gelingen konnte.

»Das ist doch kein Marihuana«, rief er und sprang auf. »Was ist das, was gibst du mir?«

»Es ist eine Heroinzigarette. Reg dich nicht auf.« Sie drückte den Fernseher an.

»Du willst mich zum Junkie machen und ich soll mich nicht aufregen? Ichichich ich werde jetzt gehen.«

Er fand seine Jacke nicht. Kurz vorm Heulen und fluchend stolperte er durchs Zimmer.

»Jetzt komm«, sagte sie. »Du sollst es ja nicht schießen. Sei brav, komm zu mir und schau dir den Grand Canyon an.«

Er beruhigte sich. Die Jacke, fiel ihm ein, musste noch in der Tanzbar liegen. Er kehrte zu ihr zurück, setzte sich aufs Bett und lehnte sich gegen das weiche Kopfpolster. Ilona schob sich zwischen seine Beine und schmiegte ihren Rücken an seine Vorderseite. Es dauerte lang, bis er die von ihr ausgehende Wärme spüren konnte. Der Fernseher zeigte leise brabbelnd ein Video des Naturwunders. »Schau«, kommentierte sie eine Einstellung, »das da unten sieht doch nicht aus wie ein Fluss, eher wie eine Reihe von Lachen.« Ansonsten schwiegen sie. Irgendwann legte sie sich Taps Hände auf die Brust, und dort blieben sie, nervös gespannt, hin und wieder drückten sie zu. Er hatte eine trockene Kehle und einen steifen Penis. Sie fingen an sich zu küssen. Seine Linke wanderte in ihr Kleid. Ihre Brustwarzen waren erstaunlich klein im Verhältnis zur Gesamtgröße, auf dem festen, runden Innern lag schlaffes Gewebe. Tastend legte er die Hand auf ihr Höschen, sie presste die Schenkel zusammen, und er zog seine Finger vorsichtig zurück. Das Licht ging aus bis auf eine rosa leuchtende Lavalampe neben dem Bett.

Ein S.U.V. mit schwarzen Scheiben drängelt sich vor. Er ist so hoch und breit, dass Tap die Ambulanz nicht mehr sieht. Es nützt nichts, dass er hupt wie verrückt. Sie sind jetzt auf Höhe des *Mirage-Hotels* und er drückt sich ins Sitzpolster, als hätte er Angst, jemand könnte ihn sehen. Er hat sich nachher nicht untersuchen lassen, obwohl er befürchtete, dass etwas wäre. Tap hat Angst. Wenn er Rachel wirklich angesteckt hat und es ganz hart kommt, kann sie unfruchtbar werden. Dabei haben sie vor nicht allzu langer Zeit noch über ein zweites Baby gesprochen. Es pocht in seinem Unterleib, er glaubt, ihre Eierstöcke in sich zu spüren. Er hofft und betet, dass es nicht gar so schlimm ist. Er fantasiert, wie sie vorn in dem Krankenwagen liegt und dem Arzt oder Pfleger, der neben ihr sitzt, alles erzählt. Und der Pfleger sagt zu ihr: »Der Typ in dem Auto da hinter uns? Der bei Ihnen zu Hause so aufgeregt gackerte und unbedingt bei uns mitfahren wollte? Das glaub ich nicht.« Der Krankenwagen hat die Spur gewechselt, auf Höhe des *Mirage* biegt er rechts ab. Mit einem gewagten Manöver folgt Tap ihm und schafft die Kreuzung, bevor die Ampel auf Rot springt. Er hat keine Ahnung, in welche Klinik sie fahren. Der Hotel-Vulkan ist gerade aktiv. Er sieht es an dem rötlichen Widerschein in der Glasfassade.

Alles, was er tat, oder eigentlich bloß geschehen ließ, schien richtig. Einmalig und unbedeutend zugleich. Auf der gegenüberliegenden Seite des Raumes sprang eine Tür auf, ein menschlicher Schatten löste sich aus dem Licht und schlüpfte zu ihnen ins Zimmer. Sissy sah Ilona ähnlich, beide Frauen waren hochgewachsen und, na ja, gut gebaut, sie hatten die gleiche Frisur, nur dass Sissy etwas heller war, und die gleichen grabsteingrauen Augen. Sissys Kleid war gelb, im Ton ebenso perfekt an den Raum angepasst, wie das inzwischen offene Kleid Ilonas.

Tap lässt das Fenster wieder hochfahren, hungrig verschlingt die Klimaanlage die heiße und trockene Luft. Der xte Blick in den Rückspiegel. Kathy schläft. *Curious George* ist in den Fußraum gefallen, jedenfalls hält sie ihn nicht mehr fest. Oh, Kathy, murmelt Tap in den Spiegel, dein Vater ist ein verfluchter Idiot.

Sissy legte sich auf das zweite Bett und forderte ihn auf, zu ihr zu kommen. Ilona gab ihn frei, sie rückte zum Fußende und schaute ihn wie eingefroren grinsend an. Verwirrt sprang er auf und stand nun zwischen den Betten, schaute abwechselnd nach links und nach rechts, zu Ilona, bei der er schon so weit gekommen war, und zu Sissy, die dalag wie ein Geschenk, bei dem man schon vor dem Auspacken wusste, was es sein würde. Durch die offene Tür drang zähes gelbes Licht. Tap wollte weglaufen; er lief zu dieser Tür, doch sobald er durch war, erstarrte er: Der Raum glich dem anderen aufs Haar, die gelb-roten Stoffe, der Teppich, sogar der Spiegeltisch. Nur statt der zwei Betten stand hier ein großes Doppelbett. Nichts Ungewöhnliches für ein Hotel, aber Tap war überwältigt. All das musste eine Fata Morgana sein, das Zimmer existierte nicht, Sissy existierte nicht, womöglich war sogar Ilona eine Täuschung. Als er sich umdrehte, waren sie beide noch da, er sah sie vor sich und er sah sie in einem Spiegel an dem Toilettentischchen. Er hörte Sissy spöttisch rufen: »Bleib, Tep! Biiiiiii-tte!« Sie zogen sich aus. Ihre Bewegungen waren synchron und flossen ineinander wie bei einer Show. Auch nackt waren sie sich ähnlich, verzweifelt suchte Tap an ihren Leibern nach Unterscheidungsmerkmalen. Für eine lange Sekunde schloss er die Augen, hörte sie näher kommen, spürte ihre Hände auf sich. Große, kräftige Hände. Der erste Blick, den er wieder wagte, verfing sich in langem, rötlich-braunem Haar. Er nahm nur noch Einzelheiten wahr, hier einen rosigen Hof und dort einen muskulösen Schenkel, die Rundung einer Hüfte oder den schmalen dunklen Streifen ihrer Spalten. Statt sich zu steigern, wurden seine Eindrücke immer ärmer. Ilona nahm ihn bei der Hand, schüchtern folgte er ihr, ließ sich ganz ausziehen und brav ins Bett legen. Alles war anders, als er gedacht hatte, er eroberte sie nicht, nahm sie nicht, sie taten mit ihm, was sie wollten. Selbst seine Erektion hatte er für sie bekommen. Irgendwann machte es keinen Unterschied mehr. Sie vergnügten sich mit ihm bis zum Morgen, dann ging er benommen, beschwingt, erschöpft nach Hause.

Der Schriftzug des *Mirage* leuchtet jetzt wieder rechts von ihm, Tap ist gedankenverloren einmal um den Block und zurück auf den *Strip* gefahren, er scheint an dem Gebäude festzukleben. Die Ambulanz kann er nirgends entdecken. Rachel wird in dieser Nacht allein sein. So sehr hat Tap sich gewünscht, in ihrer Nähe zu bleiben, ihr zu zeigen, dass er für sie da ist. Jetzt erleichtert es ihn, dass daraus nichts wird. Ohne bestimmtes Ziel lässt er sich vom zäh fließenden Verkehr weiterschieben. Weg vom *Mirage*. So spät ist es noch nicht. Er stellt sich vor, die ganze Nacht lang umherzufahren. Die fehlende Verbindung beschäftigt ihn. Er kann sich nicht erklären, wie es zu dem Wiedersehen kam. Was Ilona und Sissy miteinander zu tun haben. Oder Ilona und Rachel, letztlich: Rachel und er. Das sind komplizierte Fragen, ist es da ein Wunder, dass er der Ambulanz nicht folgen konnte? Sobald er zu Hause ist, wird er telefonieren, und er wird Rachel finden. Schließlich schwebt sie nicht in Lebensgefahr. Er tastet auf dem Beifahrersitz nach der Kassette, findet sie, schiebt sie in die Öffnung, drückt, hört den Federmechanismus nachgeben. *Flomp,* und schon spielt das Ding eines seiner liebsten Stücke. Die Lichter auf dem *Strip* werden immer weniger, je weiter du nach Süden kommst, und wenn du dich beim Verlassen der Stadt östlich hältst, kommst du irgendwann in schwarze, schwarze Hügel.

2

Es ist ein sonniger Nachmittag. Die Wärme Floridas lässt sich genießen, sie versucht nicht, alles aufzusaugen wie die Wüstenluft in Nevada. Tap sitzt neben Porter Ricks am Strand. Sie dösen, von Zeit zu Zeit setzten sie ihr Gespräch fort. Ricks will von seiner Reise nach Europa erzählen, er holt weit aus, ist aber nach wenigen Sätzen schon fertig. »Komisch«, sagt er, »wie die Erinnerung deine Erlebnisse schrumpeln lässt.« Tap nickt: »Ja, oder sie werden aufgeblasen.« Er schaut zu, wie die Seevögel den Wind und die aufsteigende Wärme für waghalsige Manöver nutzen, sie machen gar nicht viel, lassen sich tragen, und haben doch in jedem Moment die volle Kontrolle. Die Plastikliegestühle sind erstaunlich bequem, die Polster halten den Wind ab, der seewärts weht. Es sind fast nur Frauen am Strand, Ricks, der in den Keys als Ranger arbeitet, muss das gewusst haben. Tap ist froh, dass er seinen alten Freund wiedergetroffen hat. Sie sind zusammen zur Schule gegangen und haben sich erst vor ein paar Jahren aus den Augen verloren. Dass sie nun zusammen den Nachmittag verplempern, hat auf geheimnisvolle Weise mit Ilona zu tun. Ricks begegnete ihm in dem Kongresshotel, in dem sie ihren Vortrag halten soll: »Der Penis des Delfinbullen. Sexuelle und spirituelle Aspekte seiner Erektion«. Das alte Gefühl vertrauensvoller Freundschaft war gleich wieder da, schon in dem Moment, als Ricks »Hey, Mewman« rief, mit einer Stimme, die alles verriet, seine Freude, seine Sicherheit, den Freund erkannt zu haben, und so weiter.

Ricks dreht den Verschluss von einer Bierflasche und wirft ihn auf den Sand. Die Geste zählt, Tap ist sicher, dass er ihn später einsammeln wird. Doch da kommt schon eine Möwe, schnappt sich das Teil und fliegt aufs Wasser. Ohne jede Hektik. Er hält sein Gesicht in die Sonne. Auf dem Flug nach Miami fühlte sich alles noch anders an. Der Gedanke, Ilona nach sieben Monaten wiederzutreffen, verschlug Tap erneut den Atem, seine Gedanken irrten durch das *Mirage*, die Erinnerung daran verwirrte ihn wie immer. Sie hätte längst zurück in Europa sein müssen, stattdessen war sie in Florida. Wieso hatte es so große Wirkung auf ihn, als sie anrief – Rachel reichte ihm emotionslos den Hörer – und ihn ohne Umschweife aufforderte, quer durch die Vereinigten Staaten zu reisen, um sie wiederzusehen? Er fühlte sofort, dass er ja sagen müsse. Er versuchte, im Kongresshotel ein Zimmer zu bekommen und hatte Glück. Er versuchte, Urlaub zu bekommen, und bekam ihn. Ob Rachel ihm seinen Schwindel geglaubt hat? Als er ihr von der Fortbildung erzählte, fürchtete er, sie würde sein Zittern sehen. Erst mit der Landung in Florida fühlte er sich besser. Außerdem tut es gut, sich dem Freund anzuvertrauen. Er erzählt ihm von Ilonas Job. Der Ranger lacht lauthals.

»Wer weiß, vielleicht machen sie in Deutschland so was. – Hat sie dir noch mehr von dem Müll erzählt? Dass Delfine 50-mal am Tag Sex haben? Solche Sachen?«

Tap nickt. Er schämt sich. »Sie hat auch behauptet, Delfine seien intelligenter als Menschen. Und dass sie Kunst machen.«

Ricks drückt seine Sohlen in den Sand. Im Nu hat er einen schuppigen Alligator nachgebildet, dem irgendwas, es soll wohl ein Bein sein, aus dem Maul hängt.

»Ich sag dir mal was: Delfine sind nicht besonders helle. Ihr Nervensystem ist nur schwach vernetzt, so kommen sie mit weniger Sauerstoff aus. Und ihre Kunst erschöpft sich darin, Ringe in die Luft zu werfen und mit dem Schnabel wieder aufzufangen. – Ehrlich gesagt kann ich mir nicht vorstellen, dass deine

Ilona diesen Mist selbst geglaubt hat. Na, wer weiß. Das Internet verschiebt manchem den Horizont.« Er trinkt und denkt nach. »Übrigens gibt es bei dem Kongress auch einen Vortrag über hemmungslose Promiskuität bei Alligatormännchen.«

Er trifft seinen Freund doppelt, einmal mit seinem Spott, und dann wegen Ilonas Vortrag. Plötzlich scheint er so absurd. Eine heiße Welle durchschwappt Tap, während Ricks aufsteht und seinen Stuhl ein Stück vom Wasser wegschiebt. »Solltest du auch tun. Die Flut kommt.«

Mit Fortschreiten des Nachmittags leert sich der Strand. Es ist nach wie vor warm, die Männer sitzen bei hochgestellter Rückenlehne mit dem Gesicht zur Sonne. Das Himmelblau sättigt sich, das Wasser wirkt noch grün und durchsichtig. Ein paar Ausflugsboote kehren zurück in die Häfen. Die meisten Boote haben Glasböden, durch die man ohne zu schnorcheln die faszinierende Unterwasserwelt der Keys beobachten kann. Manche bieten Angeltouren an. Tap hat Durst. Er beobachtet die Frauen am Strand. Auf den ersten Blick sind sie sich alle ähnlich, das blonde, nasse Haar zurückgerafft, die honigfarbene Haut fast komplett zu sehen. Ihre bunte Badekleidung hilft ihm, sie zu unterscheiden. Farben, Muster, Schnitte. Im Lauf der Zeit kommen zwei weitere Merkmale hinzu: die Größe und ihre Art sich zu bewegen. Er beginnt, ihnen Namen zu geben: Rotkaro heißt die Frau im entsprechenden Bikini, Lachgesicht die Fröhliche auf einem Liegestuhl in seiner Nähe, die noch keine Anstalten macht aufzubrechen. Hoolahoop läuft mit O-Bein am Saum des Meeres entlang, sie halten sich bei den Händen. Auch wenn ihre Zahl beständig abnimmt, hätte er die Namen notieren müssen, um sich alle zu merken.

Endlich bietet ihm Ricks ein Bier an. Beiläufig fragt er nach Rachel. Tap hat ihm schon gebeichtet, was letztes Jahr geschehen ist, die Klinikgeschichte aber ausgeklammert. Jetzt erzählt er von der Eileiterschwangerschaft seiner Frau und wie alles gerade noch mal gut gegangen ist. Er erzählt, wie er sie im Krankenhaus besuchte und dieses weiche Gefühl bekam. Wie er spürte: Alles könnte gut werden, er brauchte sich nur zu ihr zu bücken und ihr einen Kuss zu geben, den Arm um sie legen und sie spüren lassen, dass der böse Traum zu Ende war. Und wie sie ihn, als er es tat, in die Lippe biss. »Euer Kind ist unterwegs stecken geblieben«, sagt Ricks. Genau das hatte Tap damals gedacht. »Du fühlst dich schuldig, stimmt's? Aber du bist nur deiner Sehnsucht gefolgt. – Bist du noch glücklich mit Rachel?«

»Man merkt, dass du nicht verheiratet bist. Da geht's nicht um glücklich oder nicht.«

Die Männer schweigen. Langsam wird es Zeit, die Jacken anzuziehen, es ist nicht mehr so warm in der Sonne. Nach einer langen Zeit kommt Ricks auf sein Lieblingsthema zurück.

»Es wundert mich, das sie noch nicht da sind. Es gibt hier eine Schule von Delfinen, die ein- bis zweimal am Tag bei den Badegästen um Futter betteln. Im Sommer bringen viele Leute Fisch für sie mit. Auch wenn sie sonst nicht viel auf dem Kasten haben, das können sie sich merken.«

Gegen Abend färben sich Himmel und Meer golden braun. Wellen rollen in endlos langen, geraden Reihen auf den Strand. Rechts schneidet eine Mole ins Bild. Unter seiner zitternden Kupferhaut wirkt das Wasser schwarz. Auf die verlassene Bucht senkt sich Zwielicht. Die Palmen im Westen erscheinen als Silhouetten vor dem noch glühenden Himmel. Die Flut steht hoch, Wasser umspült die Stühle der beiden Männer. Als erstes hören sie die Geräusche, das Plätschern und Ticken. Dann tauchen sie auf. Mindestens sechs Delfine, große Tiere, wie es scheint. Sie schwimmen bis fast an den Strand, nah an die Freunde heran und sperren bettelnd die Mäuler auf. Das ist alles. Ricks tippt ihn an und zeigt nach draußen. Dort hinten in der Bucht springen andere Delfine meterhoch in den Himmel, auch sie wirken schwarz vor dem letzten Licht. Auf dem Scheitelpunkt ihres Sprungs scheinen sie für einen Moment in der

Luft zu stehen, bevor die Erde sie wieder anzieht und sie laut platschend ins Wasser stürzen.

Tap erzählt Ricks schließlich von Ilonas Vortrag. Er hat den heißen Verdacht, dass sie ihn belogen hat. Womöglich ist sie nicht mal in Miami. Natürlich ist sie nicht in Miami. Sie hat ihn angeschmiert, sie hat ihn doch mit allem belogen. Sicher ist sie nicht mal Delfintrainerin. Der Ranger wiegt den Kopf. Er geht häufig zu ozeanologischen Kongressen, weil es ihm bei seiner Arbeit weiterhilft. So ein Thema wäre da kaum denkbar. In der Bucht nimmt das Plantschen kein Ende.

»Sieh sie dir an«, flüstert Ricks. »Da führen sie Kunststückchen vor wie im Delfinarium. Gleich werden sie an den Strand kommen und eine Belohnung erwarten. Im Grunde sind diese Tiere für die Gefangenschaft gemacht. Das ist meine ehrliche Überzeugung. – Magst du auch ihr freundliches Lächeln? Vergiss es. Sie haben gar keine Gesichtsmuskeln, ihr Grinsen bedeutet nichts.«

Tap antwortet nicht. Er wartet darauf, dass die Show in der Dunkelheit verschwindet. Er denkt an Las Vegas bei Nacht, wie es sich unter dem *Stratosphere Tower* hinbreitet, all die strahlenden Häuser in Lila, Pink, Grün und Gold. Er lässt die vielen Lichter nach und nach ausgehen. Immer grauer wird die Stadt in der nächtlichen Wüstenluft. Schließlich brennt nur das Licht vor seinem eigenen Haus. Er schaut durchs Fenster rein und sieht Rachel mit Kathy vor dem Fernseher sitzen. Sie wirken harmonisch, die zwei.

»Übrigens«, unterbricht Ricks seine Gedanken, »ich hätte noch eine Karte übrig für eine Delfinshow am Samstag.«

»Psst.«

Tap kehrt zu dem Bild seiner Familie zurück. Er hat immer darunter gelitten, dass sie nie mehr über die Sache im *Mirage-Hotel* gesprochen haben. Während die Farben auch hier am Strand verlöschen, fasst er zum ersten Mal den Gedanken, sich von Rachel zu trennen. Es ist eine ungeheure Idee, erschreckend wie das offene Meer oder ein Fahrstuhl ins Nichts. Aber sie ist da, sie ist jetzt in seinem Kopf. Ein Rest schimmernder Gischt verschwindet. Zwischen den ersten Sternen ziehen Flugzeuge still blinkend durch die Luft. Tap lässt sich seitlich im Stuhl hinabsinken. Er wünscht sich den Tod, nur sterben will er nicht. Ricks ist aufgestanden.

»Lass uns gehen, man sieht ja nichts mehr.«

Alles das ist wahrzunehmen, eingefroren in diesen Morgen, ein Bild für immer: das nahe, moosbewachsene Dachgesims einer halbverfallenen Orangerie schräg gegenüber dem Fenster; zwei kleinere Remisen dahinter, nicht weniger brüchig, bis zum Dach voller Gerümpel und die Außenmauern hinter Wildwuchs verschwunden; das von Feuchtigkeit schwarze Rechteck des Gartens innerhalb einer Umfriedung aus rostigen Metallgittern, das von zwei mächtigen Kastanienbäumen zusätzlich verfinstert wird, und dahinter das satte, schlickige Blaugrün der Uferwiesen. Für wenige Meter taucht dort jenes Flüßchen *Salendrinque* auf, von dem man in dieser Gegend stets mehr hört als sieht, denn selbst unter den Einheimischen und auf den Schildern an Brücken gibt es verschiedene Aussprachen und Schreibweisen seines Namens. Von einem mittelalterlichen Stauwehr künstlich aufgehetzt, rauscht es die dunstige, enge Talsenke mit ihrem sumpfigen Grund und versprengten Gehöften, den kleinen, niemals abgeernteten Walnußplantagen und einem überraschend gepflegten Tennisplatz am Dorfausgang entlang und an hellsandigen Uferwegen, auf denen dem Strom außer einigen Anglern oder einsamen Betrunkenen niemals ein Mensch begegnet, und verschwindet schließlich in einer Felshöhle. Gleich jenseits des Wasserlaufs steigen hohe Hänge mit dunklem, drahtigem Baumbewuchs an, der, um diese Jahreszeit praktisch laublos, das Lärmen der Strömung klirrend auf die Dorfgemäuer zurückwirft.

Mit dem ersten Tageslicht ist Simon aufgestanden und hinübergegangen in das Eß- und Wohnzimmer, durch dessen einziges, unproportional breites Fenster die Landschaft wie eine große, unterbelichtete Fotografie umrahmt wird.

Die steinerne Stille des uralten Hauses, die ihn umgibt, verrät nichts von der Gegenwart eines anderen Menschen. Man könnte es hören, wenn sich im Obergeschoß etwas täte, wo gestern Nacht Angela ihr Lager bezogen hat. Man könnte es schon hören, wenn jemand sich nur barfuß über die schmalen, abgezogenen Dielen bewegte oder vorsichtig eine der schwergängigen, gußeisernen Türklinken niederdrückte. Fast möchte er glauben, er könnte auch ihren Atem hören, wenn sie einmal tiefer Luft holte im Schlaf. Am Ende aber tönt nur die Stille. Er fällt zurück in seine halbwache Haltung des Hinausstarrens und Nachträumens. Obwohl diese Gegend so versunken wirkt, ist es doch keine abgeschlossene Welt. Neben den regionalen Eigenarten, dem ihm unverständlichen Provençalisch, den typischen Bauformen, verspürt er eine seltsame, vielleicht von der Nähe des Jakobsweges herrührende Mühelosigkeit, sich an entfernte Orte zu denken. Immer scheint es ihm so, als erkenne er Teile anderer Gegenden in dieser einen wieder oder als verwandle sie sich stets, wie Stanislaw Lems »Solaris«, in seiner Erinnerung. Dieses abgelegene Tal, das vor vierzig Jahren von drei Vierteln seiner Einwohner verlassen wurde, weil, wie man Simon erzählt hat, die Fabrikation von Seide und die Züchtung der Seidenraupen, die dem gesamten Landstrich über Jahrhunderte einen ungewöhnlichen Wohlstand gesichert hätten, durch die Erfindung künstlicher Fasern binnen Kurzem ruiniert worden sei, dieses Tal scheint sich jeder noch so persönlichen Erinnerung an andere Gegen den oder Länder zu öffnen, als gelte es, ein entstandenes Vakuum der Wirklichkeit aufzufüllen, so daß Simon seit den ersten Tagen seiner Ankunft vor dreieinhalb Wochen immer wieder auf scheinbar völlig unzusammenhängende, nicht einmal besonders bedeutende Erlebnisse in seiner Vergangenheit gestoßen wurde, indem er auf Erkundungsfahrten sein Auto fast ohne Plan über die Landstraßen der Gegend lenkte. Überall finden sich die Hinterlassenschaften der früheren Zeiten, die heute leeren Gebäudehüllen der Seidenfabriken, die mit ihren großen, rundbogigen Fensterhöhlen wie Burgen in oft sagenhafter Plazierung auf kleinen Anhöhen oder an Wasserläufen ganze Täler beherrschen. Die alten, aufgegebenen Siedlungen in ihrem Umkreis verwandeln sich nach und nach der feuchten Natur an, überwuchern, in den Mauern klaffen breite Risse, sinken schließlich zurück in den mit Geröll übersäten Untergrund, wo sie sich mit eiszeitlichen Geschieben von Flußläufen und Moränen vermischen.

Vor allem aber wurde ihm durch all die Spiegelungen und Erinnerungen bewußt, daß er sich hier mehr und mehr allein fühlte und nach Angelas Anwesenheit sehnte. Durch und durch abgestorben, dachte er oft, wenn er durch die Landschaft fuhr. Woran soll man sich hier noch festhalten? Umso weniger verstand er die Entscheidung Marguerites und Pierres, seiner beiden Freunde aus Studientagen, daß sie ihre kleine, komfortable Pariser Wohnung für ein uraltes, baufälliges Haus inmitten dieser Verwüstung eingetauscht hatten. Als sie ihn in Berlin anriefen und ihn fragten, ob er nicht die Zeit zwischen den Jahren in ihrem Haus in der Provence verbringen wolle, während sie auf eine längere Reise gehen müßten, hatten sie ihm noch die Schönheit ausgemalt, die die Landschaft für jeden bereithalte, und vom Palast ihrer Träume gesprochen, den sie hier gefunden hätten. Simon hatte sich zweifellos davon blenden lassen. Angela aber wollte den Jahreswechsel ursprünglich in Berlin verbringen, und weil sie sich von Simons spontanem Entschluß, hierher zu reisen, übergangen fühlte, hatte sie sich erst kurz vor seiner Abfahrt und mehr widerwillig zu einer Vereinbarung umstimmen lassen, daß sie nachkommen wollte, wenn es die Gegend tatsächlich wert sei und es ihr gelingen sollte, sich ein paar Tage von ihrem Architekturbüro freizumachen.

Als Simon hier angekommen und von Marguerite und Pierre empfangen und mit Stolz umhergeführt worden war, hatte er seine Enttäuschung über den tristen Anblick und das altertümliche, nur notdürftig wieder instandgesetzte Haus nach Kräften unterdrücken müssen. Am liebsten wäre er wieder abgereist. Aber die beiden zählten so offensichtlich auf sein Wort, das Haus während ihrer Abwesenheit zu übernehmen, daß er nicht wußte, wie er sich noch hätte zurückziehen können.

Fast jeden Abend telefonierte er lange mit Angela. Er spürte noch ihre Vorbehalte, ohne daß sie sie direkt aussprach. Sie bemerkte lediglich, daß sie ihn als seltsam distanziert empfände, seit er dort sei, aber dasselbe hätte er auch von ihr sagen können. Für solcherlei Uneinigkeiten gibt es keine Lösung. Er verhielt sich ausweichend, wenn sie ihn nach seinen Eindrücken fragte, wollte er sich keinerlei Veränderung seiner Stimmung anmerken lassen. Er versuchte, sie zu überzeugen, indem er davon sprach, daß sie nicht frei seien in Berlin, nicht frei füreinander, und daß er immer von einer Gelegenheit geträumt habe, abgeschieden mit ihr zu leben, ein ganz anderes Leben, fern der Maschinerie des Täglichen. Wiederum wollte er sie fast bedrängen, wenn es um das Datum für ihre Ankunft ging, die er inzwischen bereits voraussetzte, auch wenn mitnichten Festes zwischen ihnen vereinbart war. Als Angela endlich, noch immer widerstrebend, ihm ein Datum nannte, konnte er sich jedoch seltsam wenig darüber freuen. Da überfiel ihn ein Schuldgefühl, ihr seinen Willen aufgedrängt zu haben. Doch das ließ sich jetzt, nachdem sie sich entschlossen hatte, nicht mehr beilegen, ohne ihr den Eindruck fundamentaler Unsicherheit zu vermitteln, der sie, so wie er sie durchaus einschätzte, dazu bewegen konnte, ihre Entscheidung rückgängig zu machen. Da er seinen Willen bekommen hatte, spürte er ganz unerwartet, daß darin etwas Unangenehmes verborgen lag, etwas, das seinen Preis für sein Drängen fordern würde von ihm und das sich nun in Angelas näherrückender Ankunft verkörperte.

Daraus ergab sich, daß er die Tage, die ihm nun noch allein

blieben, zu genießen beschloss. Er verdrängte den Gedanken und das Wissen um ihre Ankunft. Die Gegend, an der ihn so vieles angeödet hatte, betrachtete er nun mit den Augen eines Menschen, der sich als versöhnlicher Führer durch die unsichtbaren Spuren und Reize der Landschaft anbieten würde, indem er die Wege, die er nahm, nach Schönheit und die Ausblicke nach ihrer Dramatik beurteilte, oder wenn er die kleineren Städte im Umkreis abfuhr, wozu er bisher stets zu lustlos gewesen war, nach Restaurants und interessanten Geschäften Ausschau hielt. Die Zimmer des Hauses, von denen er die meisten niemals nutzte und die ihm mitunter fast unheimlich waren, würde er ihr als Ort ihres gemeinsamen Seins und Wohnens präsentieren. Aber je mehr sich der Tag ihrer Ankunft näherte, desto mehr lebte er auch im Vorgefühl der unklaren Bedrohung, die auf ihn zukäme. An dem Vormittag, an dem er sich nach Montpellier aufmachte, um sie abzuholen,schien ihm kurz vor seiner Abfahrt die Aussicht auf ihre baldige körperliche Gegenwart für einen Moment plötzlich so unerträglich und fast wie ein Angriff, daß er nichts anderes tun konnte als eine Zeitlang wie geistesabwesend im Zimmer zu stehen und zu warten, wie sich die Zeit um ihn dehnte und ihn mit dem wohligen Zustand des Unbeobachteten umgab, den er nun im Begriff war, zu verlieren. Dann nahm er hastig seine Sachen und stieg ins Auto.

Ihre Begrüßung am Flughafen fiel knapp aus. Schon in der Art, wie sie sich näherte, als sie den Sicherheitsbereich verließ und auf ihn zukam: linkisch und irgendwie so, als traue sie dem Boden nicht, auf den sie nun ihre Schritte setzte, lag etwas Befremdliches, was er schon öfter in Ahnungen zwischen ihnen beiden bemerkt hatte, wenn sie sich längere Zeit nicht gesehen hatten. Sie wollte sich nicht berühren lassen, dennoch ging er auf sie zu, als wäre es für ihn selbstverständlich, und küßte sie auf den Mund, worauf sie ihr Gesicht leicht zur Seite drehte und, statt den Kuß zu erwidern, die Lippen schmal gespannt zu einem ungefähren Lächeln verzog, wie jemand, der zu einer unangenehmen geschäftlichen Angelegenheit erschien. Sie sprach kaum mit ihm, als sie durch die Halle zum Parkplatz gingen; meist war er es, der redete und der sich mehr und mehr getrieben fühlte, ihr Schweigen zu überbrücken. Er konnte mit ihrer Haltung nichts anfangen, empfand sie als herablassend, kaltherzig, strafend, doch wagte er auch nicht nachzufragen, aus Furcht, dadurch etwas zu erfahren, das er jetzt auf keinen Fall hören wollte. Auf dem Beifahrersitz des Autos kauerte sie sich zusammen, wechselte auch während der Fahrt kaum ein Wort mit ihm, und Simon paßte sich dieser Stimmung an, versuchte dabei, den Eindruck von Beunruhigung zu vermeiden. Sie fuhren zunächst über nur leicht gewelltes Land auf die Dämmerung zu, die schnell heranzog. In den dann immer enger werdenden, stets in leichten Schwüngen ansteigenden Ortschaften, die sich in den dunklen, anwachsenden Höhenzügen lose aneinanderreihen, mußte Simon sich konzentrieren und das Tempo immer wieder drosseln, obgleich ihn seine ganze Stimmung eher dazu verführt hätte, bis zur Besinnungslosigkeit aufs Gas zu treten. Beide gleichermaßen abgekämpft und erschöpft, als hätten sie eine lange Wanderung hinter sich gebracht, erreichten sie schließlich in völliger Dunkelheit die Einfahrt von St. Michel. Die Stille, in der nur das Rauschen des Flüßchens jenseits der Häuser zu hören war, der klare Sternenhimmel und die von den rauchigen Dünsten geschwängerte Luft beim Aussteigen, sie schienen Angela mit einem Mal Leben einzuhauchen. Er musterte sie von der Seite, während sie vom Auto zum Haus hinübergingen, und es schien ihm, als tauten ihre Züge plötzlich auf, und gleich darauf schlug Angela lebhaft vor, gemeinsam zu essen, da sie unglaublichen Hunger habe. Simon setzte sogleich alles daran, ihre bessere Stimmung aufrechtzuerhalten, stellte eine schon vorbereitete Abendmahlzeit zusammen, während

Angela durch das Haus streifte und die Zimmer begutachtete. Als sie zurückkehrte, war zum ersten Mal ein amüsiertes oder auch leicht spöttisches Lächeln auf ihrem Gesicht zu sehen. »Das also ist der berühmte Palazzo«, sagte sie. In Berlin hätte ihr Unterton ihn vielleicht selber zu Scherzen animiert. Hier und in diesem Moment aber kränkte er ihn. – »Gefällt es dir nicht?« fragte er. »Du bist die ganze Zeit schon so schweigsam.« – »Laß mich doch erst einmal richtig ankommen«, antwortete sie gedehnt. Augenblicklich schien sie sich ihm wieder hinter den Schleier ihrer Distanz zurückzuziehen. »Wo schläfst du?« setzte sie unvermittelt neu an. »Da oben?« – »Ja, es ist das größte Schlafzimmer«, sagte Simon. »Vom Balkon hat man morgens einen ersten Blick auf die Berge.« – »Schön«, sagte sie gelangweilt. Es entstand eine Pause. Angela vollführte eine unbestimmte Handbewegung und sah ihn direkt und bedeutungsvoll an. »Würde es dir etwas ausmachen, wenn ich dort schliefe?« Die Abstände zwischen ihren einzelnen Worten zogen sich unnatürlich in die Länge, als zitiere sie nur, als habe sie den Satz auswendig gelernt für diese Gelegenheit. – »Aber nein«, antwortete er zögernd, wobei ihm bewußt war, daß darin die ganze ungute Bedeutung ihrer Anwesenheit begründet liegen konnte.

Das Bett in dem Zimmer oben hatte er am Morgen frisch für sie beide bezogen. Danach hatte er lange auf der Bettkante gesessen, und den Geruch einatmend, der von den sauberen Linnen aufstieg, hatte er daran gedacht, daß heute abend alles in diesem Zimmer ganz anders sein würde, wenn Angela hier wäre. Ihre erste wahre Begegnung nach ihrer Ankunft, hatte er gedacht, würde in diesem Zimmer stattfinden, sie würde es so erwarten, denn für Angela war nach wie vor das Bett der Ort der Wahrheit zwischen ihnen. Nun aber, da sie ihm gegenübersaß, rief diese Erinnerung ein Gefühl der Peinlichkeit in ihm hervor. Am Morgen noch hatte er sich vorgestellt, wie sie nach ihrer Ankunft an der Balkontür lehnte und auf die Landschaft blickte, während er hinter ihr stünde und unter ihren Armen hindurch nach ihren Brüsten faßte. In einer Aufwallung von Lust hatte er mehrfach die Entfernung zwischen Balkontür und Bett abgeschätzt, eine Strecke, die die ganze Last und Schwere eines Momentes zu tragen haben würde, in dem jeder von ihnen die Nähe des anderen prüfte. Er würde durch ihr halblanges Haar ihren Nacken suchen und küssen, und dann wäre es an ihm, die Last ihrer anfänglichen Fremdheit auf sich zu nehmen. Und es würde die Stunde seiner Hände kommen, diese Fremdheit und drohende Beschämung aus ihren Berührungen zu tilgen und Angelas vielleicht noch unschlüssigen, sich versteifenden Körper durch geschmeidige Manöver hinüberzugeleiten zum Bett.

Doch in diesem Moment, da sie ihm nun gegenübersaß, wußte Simon nicht, wie er es anfangen sollte, ihr auch nur andeutungsweise nahezukommen. Er zweifelte überhaupt daran, daß er das wollte. Alles schien sie von sich fernhalten zu wollen. Warum war sie überhaupt gekommen? War das der Grund, daß sie ihm genau dies noch zeigen wollte, ihr Verstummen, ihre Traurigkeit und Einsamkeit, mit ständigem, unausgesprochenem Vorwurf? Wortlos begleitete er sie nach dem Essen in die obere Etage, beobachtete sie, wie sie sich an ihren Sachen zu schaffen machte und alles mit übertriebener Sorgfalt auf dem Bett zurechtlegte. »Ich bin nämlich todmüde und würde jetzt am liebsten sofort ins Bett gehen«, hörte er ihre Stimme von weitem sagen. »Ich hoffe, das macht dir nichts aus.« Sie lächelte verlegen zu ihm hinüber, was ihm bedeuten sollte, daß sie sich offenbar nicht vor seinen Augen entkleiden mochte, und das reichte ihm aus als Signal. – »Nein ... völlig in Ordnung ... überhaupt kein Problem ... wenn du das willst ... ich nehme nur eben meine Sachen und schon ... « Er raffte seine Kleider in seinen Koffer, wobei Angela ihm nicht zusah, sondern erst, als er das Zimmer verließ, sich ihm mit einem erneuten demütigen Lächeln zuwandte, das er nicht länger als einen Augenblick ertragen konnte. Er zog in eines der Kabinette im unteren Geschoß neben dem Wohn- und Eßraum, das Marguerite und Pierre für ihre spontanen Gäste reserviert halten. Eine Zeitlang stand er in der Mitte dieses Zimmers wie benommen , dann stieg er noch einmal das Treppenhaus hinauf, in der Hoffnung, mit ihr zu sprechen – doch die Tür zum Schlafraum war schon geschlossen, und er brachte es nicht fertig, sie noch einmal zu öffnen. Er räumte den Eßtisch ab, ließ sich anschließend auf das Sofa vor dem Kamin im Wohnzimmer fallen und starrte stundenlang versunken auf die ausglühenden Kohlen, ehe er sich entschließen konnte, in sein kaltes Bett hinüberzuwechseln.

Wie zerschlagen in seiner Halbwachheit, seit er an diesem Morgen aufgestanden ist, fühlt er dieselbe katastrophale Leere, von der ihn sein Wegdämmern in den Schlaf vorübergehend erlöst hat. Sein innerer Alarmzustand, die wimmernde Beunruhigung, die ihn gestern nicht einschlafen ließen, sind einer Art Betäubung gewichen, durch die er alles nur mehr indirekt oder verzögert wahrnimmt. Er weiß nicht, wieviel Zeit er schon hier am Fenster zugebracht hat. Das Licht draußen scheint sich kaum verändert zu haben. Die Zeiger der altmodisch gemachten Uhr auf dem Kaminsims sind weit vorgerückt, aber nie weiß er, ob er dieser Uhr trauen kann. Demnach hätte er mehr als zwei Stunden hier gestanden, und das kann er nicht glauben. Noch immer ist kein Geräusch aus dem Obergeschoß zu hören. Seit er zum letzten Mal bei ihr war und ihre Tür geschlossen vorgefunden hat, wären demnach zehn Stunden vergangen. Vielleicht ist sie gar nicht mehr in ihrem Zimmer? Oder sie schläft gar nicht mehr, regt sich nur nicht, vielleicht um der Begegnung mit ihm auszuweichen? Er kehrt zu seinem Bett zurück und stellt fest, daß auch sein Wecker dieselbe Zeit anzeigt. Was sollte ihn das kümmern, fragt er sich. Warum gehst du nicht einfach spazieren, frühstückst, gehst deinem eigenen Tag nach und wartest, bis sie von sich aus herunterkommt? Genau zum Gegenteil drängt es ihn. Er steigt langsam die knarrenden, zur Mitte hin ausgetretenen Treppen empor und bleibt eine Zeitlang unschlüssig vor ihrer Tür stehen, weil er weiß, daß sie Geräusche macht. Zugleich kommt er sich zutiefst kindisch vor. Alles das scheint grotesk und beschämend, und schon er will er wieder kehrtmachen, als er mit einer Gegenbewegung, die nicht wirklich er selbst auszuführen meint, auf die Tür zugeht und sie mit Vorsicht öffnet. Innen ist es vollkommen dunkel. Kaum merklich aus der entfernten Raumecke, in der er das Bett weiß, meint er ihren Atem zu hören. Es könnte aber auch sein eigener sein. Oder irgendeine Bewegung in der Luft oder eine bloße Einbildung. Die Fensterläden sind geschlossen und die schweren Vorhänge zusätzlich vor die Fenster gezogen. Er wundert sich darüber, weil er sich nicht erinnern kann, daß Angela, seit sie einen Großteil ihrer Nächte zusammen verbringen, jemals solche Finsternis brauchte, um schlafen zu können. Er selbst könnte in solcher Finsternis kein Auge zutun. Auch dies eine Befremdung, die ihm kalt mit ihrem vertrauten Geruch aus dem Zimmer entgegenkommt. Leise schließt er hinter sich die Tür und bewegt sich auf Zehenspitzen auf das Bett zu. Wenn sie nicht noch etwas vom Mobiliar umgestellt hat, müßte er einen kleinen Teetisch und die Sessel aus Korbgeflecht links passieren. Schwach erkennt er, nachdem sich seine Augen an die Schwärze gewöhnt haben, einen nebulösen Widerschein von Tageslicht an einer durch die leichten Vorhänge scheinenden Ritze im Fensterladen. Die schwache Lichtquelle als Meßpunkt für seine Navigation benutzend, stellt er sich Licht und Landschaft draußen als Ort der Zuflucht vor, die ihn von der Finsternis erlösen werden. Angelas Atem läßt sich jetzt deutlicher vernehmen, dünn und unregelmäßig. Er tastet mit den Händen durch die Luft und berührt nach einigen Schritten die rauhe Putzoberfläche der Wand, gleich darauf einen teils weichen, teils festen Widerstand an seinem Fuß. Mit der linken Hand ertastet er schließlich das Ende der Matratze. Diejenige Hälfte, die zur Wand hin liegt, scheint leer zu sein, während sich Teile der Bettdecke auf der äußeren Seite erahnen lassen. Er stellt sich Angelas ausgestreckten Körper vor, nun keine Armlänge mehr von ihm entfernt, und doch so weit , als läge er in einem tiefen Abgrund. Atemlos hält er inne. Wie ein Stein, denkt er. Er zittert vor Anspannung, beginnt, nur seine Lippen bewegend, lautlos vor sich hinzusprechen. Dies wäre der Moment, in dem sie wie von Geisterhand geweckt sich aufrichten müßte, ihn bei der Hand faßte und zu sich in das Bett zöge. Oder er seinen kalten Körper an ihren vom Schlaf aufgeheizten schmiegen dürfte, sich schützen lassend und ihn schützend.

»Simon?« fragt Angela mit dünner Stimme.

»Was ist los? Willst du ins Bett kommen?«

»Nein.«

Sie verstummt einen Moment lang.

»Was ist mit dir?«

»Mit mir?« Seine Stimme zittert. »Nichts. Ich glaube, daß wir uns trennen. Oder daß wir schon getrennt sind.«

»Und warum glaubst du das?« Sie scheint nicht überrascht zu sein.

»Ich weiß nicht. Du bist mir fremd. Du warst mir noch nie so fremd wie jetzt. Ich zweifle sogar, ob du es wirklich bist.« Er muß plötzlich auflachen. »Vielleicht hast du eine Stellvertreterin geschickt, weil du lieber in Berlin sein wolltest. Lieber dort als hier in der Einöde mit mir.«

Wieder schweigt sie für Sekunden.

»Vielleicht hast du recht«, antwortet Angela schließlich. »Ich weiß es nicht. Vielleicht bin ich nur eine Stellvertreterin.«

Mit den Knien voran, zögernd, läßt er sich auf das Fußende des Bettes nieder, etwas entfernt von ihr auf der leeren Seite, so daß seine Füsse über den Rand hinausragen. Sie schweigen, es wäre möglich, daß Angela schon wieder eingeschlafen ist. Vielleicht hat sie die ganze Zeit über geschlafen und nur im Traum mit ihm geredet. Es würde ihn nicht verletzen. Möglich, denkt er, in dieser Dunkelheit einen Monat zuzubringen, ohne zu wissen, welcher Tag oder wieviel Uhr es ist.

Wolfgang Hermann *Sommer*

Als er seinen Schlafsack in ihrem Hausflur ablegte, wurde die Luft schwer. Schweiß, Gras, Nässe. Alte Kleider, die schon lange keine Waschmaschine mehr gesehen hatten.

Ihre Zunge blieb hängen, als sie ihn fragte, ob er ein Glas Wein mochte. Er roch nach dem warmen Bier vom Nachmittag, das er unten am Fluß getrunken hatte. War das Jazz, was da sanft aus der offenen Zimmertür drang? Er folgte ihr, nicht ohne vorher seine schmutzigen Schuhe auszuziehen. Ein Geruch nach nicht ganz frischen Socken stieg in seine Nase. Er überlegte, ob er die Schuhe wieder anziehen sollte. Er warf einen Blick auf den spiegelnden Parkettboden und entschied, daß Schuhe hier unerwünscht waren. Seine Mutter jedenfalls legte einen Gummirost neben die Eingangstür, auf den er seine Schuhe zu stellen hatte. Das galt auch für Besucher. Aber Besucher waren selten.

Sie saß mit übereinandergeschlagenen Beinen, die Schenkel füllig unter der engen Hose. Den Oberkörper ihm zugewandt, in der rechten Hand ein bauchiges Rotweinglas. Als er näher trat, kam er sich linkischer vor als je. Das Zusammenspiel seiner Beine funktionierte nicht recht. Er setzte das rechte Bein nach vorn, doch zugleich wollte das linke die Führung übernehmen. Ihm schien, er ginge nicht auf dem Parkettboden, sondern der Parkettboden liefe auf Kniehöhe durch ihn hindurch. Sie saß ruhig und überlegen, eingehüllt vom Rauch ihrer Zigarette. So ruhig konnte nur ein Mensch sitzen, der ans Ende jeden Geheimnisses sah. Vor einem Menschen, der so sitzen konnte, mußte jedes Geheimnis zu Staub zerfallen. Sie zog an ihrer Zigarette. Noch nie hatte er ein so bauchiges Weinglas gesehen. Das zweite Glas stand neben ihr auf dem Tisch. Nur der Boden war mit Wein gefüllt. Vornehme Menschen füllen wenig Wein ins Glas. Seine Mutter hätte das Riesenglas bestimmt randvoll angefüllt, daß er sich beim Trinken darüberbeugen hätte müssen. Dabei hätte sie ihn streng beobachtet, ob er auch nicht das Tischtuch bekleckerte. Wie sie ihn ansah, als er das erstemal im Gasthaus ein Bier bestellte. Und dann noch eins. Ihre Lippen öffneten sich, doch sie sagte nichts. Ihre Augen waren müde. Ungläubig sah sie ihn an. Ihr Kleiner, ihr Liebling, ihr Teddybär war ein Mann geworden. Groß wie ein Baumstamm. Das war nach der Einberufung. Er war stolz, tauglich für den Dienst mit der Waffe zu sein. Im Stillen genoß er es, daß sie litt. Er wäre nie aus dem Haus gekommen ohne das Militär.

Er nahm den Sonntagnachtzug. Über die Schulter murmelte er einen Gruß. Sie stand staunend auf dem Bahnsteig. Der Soldat, der da in die Nacht fuhr, das war ihr Sohn.

Er wußte noch nicht lange, daß er leben wollte. Die beiden Schemen Abend für Abend vor dem Fernseher, das waren Vater und Mutter. Die Welt war eine blaue Projektion, bequem zu erreichen, jederzeit veränderbar. Ein Knopfdruck, und die Welt war eine andere. Doch jede andere Welt war wieder dieselbe. Es gab Verheißungen, es gab Weite in der projizierten Welt. Doch die Grenze, die in der ewigen Wiederholung lag, löschte alle Hoffnung aus. Was ihm als Kind das Liebste gewesen war, mit Vater und Mutter im blauen Licht zu dämmern, ertrug er nicht mehr. Er war empört über die ungeheure Leblosigkeit der beiden, die Abend für Abend vor dem Fernseher verbrachten. War es nicht unerträglich, sich ohne Gegenwehr dem Rätsel der Welt zu ergeben, in Müdigkeit und Gleichgültigkeit zu verdämmern? Er hatte Hunger nach der unbekannten Welt, die irgendwo vor der Haustüre begann und nirgends ein Ende fand. Hinaus und hinein in die Welt, und meinetwegen leiden, mit der Stirn gegen die Klarsichtscheibe der Wirklichkeit donnern, Hauptsache leben!

Wie lange schläfst du schon unten am Fluß, fragte sie, und mit jedem Wort drang Zigarettenrauch aus ihrem Mund. Sie reichte ihm das Weinglas, das er mit beiden Händen an der bauchigen Stelle umfaßte.

Seit ein paar Tagen, sagte er und lächelte. Er spürte das Glühen seiner Wangen, er schloß den Mund, um älter zu wirken. Er nahm einen großen Schluck Wein, doch es half nichts. Der Wein war wie feines Öl, noch nie hatte er solchen Wein getrunken. In der Kaserne war es darum gegangen, sich in möglichst kurzer Zeit zu betrinken, egal womit. Einen solchen Wein hatte er nie getrunken. Es schien, als flösse ein inneres Licht durch ihn hindurch, das ihm die Stirn sanft öffnete. Er setzte sich und ließ sich vom Wein erwärmen.

Sie war dreißig Jahre älter als er. Er prägte sich ihre Art, die Zigarette zum Mund zu führen ein, sah, wie sie das bauchige Weinglas schwenkte und langsam hob, wie um diesen köstlichen Wein zu ehren. Egal, wohin er sah, jeder Gegenstand in dieser Wohnung war ein Blickfang. Noch nie war er in einer so geschmackvoll eingerichteten Wohnung gewesen. Noch nie hatte er mit einer so eleganten Erscheinung an einem Tisch gesessen. Noch nie hatte ihn eine Frau wie sie beachtet. Noch nie: denn er hatte überhaupt noch nie eine Erscheinung wie sie gesehen. Sie sah durch ihn hindurch, als sie fragte: Was machst du den ganzen Tag am Fluß? Er zuckte mit den Achseln, denn es war ihm peinlich, daß eine Frau wie sie sich nach dem sinnlosen Tagesablauf eines sinnlosen Menschen wie er es war erkundigte. Er schämte sich für sein Leben, wagte aber nicht, spannende Geschichten zu erfinden, sie würde die Lüge ja doch gleich erkennen. Er sah sich selbst dabei zu, wie er mit den Achseln zuckte und fand sich peinlich. Es gab nichts, das er von sich selbst hätte erzählen können. Sein Leben hatte bisher noch nicht stattgefunden. Er war dabei, das zu ändern. Alles sollte nun beginnen. Er wußte zwar noch nicht was und wie, aber er hatte damit angefangen, von zu Hause wegzugehen und mit seinem muffigen Militärschlafsack am Fluß zu übernachten. Er schlief nicht nur am Fluß. Eine der letzten Nächte hatte er in der Tiefgarage seiner ehemaligen Schule verbracht. Am Morgen hatte er einen Erstklässler gehört, der einem Mitschüler aufgeregt zugerufen hatte: Schau mal, da liegt ein Penner!

Von der Tiefgarage war er weitergezogen, hatte dem Schaffner des Regionalzuges seinen abgelaufenen Bundesheerausweis gezeigt, der hatte wortlos genickt. Irgendwo vor Bludenz war er ausgestiegen und hatte sich hangwärts auf den Weg gemacht. Er ging lange, und das Gehen war, was er brauchte. Er fand seinen eigenen Rhythmus, der sich wohltuend in seinen Körper einschrieb. Endlich nicht mehr denken müssen. Das Wort auf der Zunge mit dem Rhythmus der Schritte zerkauen und wiederkäuen, es zerlegen in seine Silben und damit spielen wie mit einem geschmacklosen Kaugummi. Wörter waren Kaugummis, von vorn und von hinten zerkaut ebenso geschmacklos. Der Rhythmus erst verlieh ihnen den Klang, machte aus ihnen Klang- und Hohlräume, die von seinen Schritten zum Tönen gebracht wurden. Die Hitze brannte in seinem Nacken, er bemerkte, daß er schon lange nichts mehr getrunken hatte. Er ging auf eine Schlucht zu, von wo er ein Rauschen hörte. Er hielt seinen Kopf in den Bach und trank in großen Schlucken. Er schrie in den Wald hinein, denn er war da, er war am Leben, er spürte das Leben in seinen Händen, in seinen kräftigen Schenkeln. Das Leben sagte: Geh weiter, du sollst gehen und gehen, und er ging bis in die Dämmerung. Seine Hände, seine Lippen waren blau von den Heidelbeeren, sonst hatte er nichts gegessen. Was machte das schon, das Leben war bei ihm, er spürte diese lebendige Kraft, seit so wenigen Tagen erst spürte er sie, und er wollte sie nicht mehr verlieren. Als er sich neben einem Tümpel in den Schlafsack rollte, sah er für einen Augenblick die beiden Schemen im blauen Fernseherlicht sitzen. Er schüttelte den Kopf und stöhnte. Eine Mücke sirrte neben seinem Ohr, er war zu müde, um nach ihr zu schlagen. Es würden ohnehin noch Dutzende von ihnen kommen.

Sie schenkte Wein aus der Karaffe nach, der in den Gläsern schlingerte und ölig von den Wänden lief. Erst wenn er ruhte, nahm der Wein die schwarzrote Färbung an, die sich zuvor in lichtdurchwirkte Rottöne abgestuft hatte. Staunend sah er in sein Weinglas, auf so kleinem Raum ereigneten sich solche Farbverwandlungen. So war es auch mit ihm selbst: er brauchte nur die Lebensroutine zu verlassen, schon stand er in einem anderen Wind, dem Wind der Freiheit. Hätte sie ihn etwa aufgefordert, ihr in ihr Haus zu folgen, wenn er wie früher mit den beiden Schatten vor dem Fernseher gesessen wäre? Die Verwandlung seines langweiligen Lebens in ein anderes, ein besonderes Leben mußte begonnen haben, anders war nicht zu erklären, daß er hier bei dieser eleganten Frau saß und den besten Wein der Welt trank. Eine Kindheitsphantasie hatte der langmähnigen Mutter einer Sandkastenfreundin gegolten. Dieser Frau hatte der Dreizehnjährige mit großen Augen nachgeschaut, wenn sie in ihrem gelben Sportwagen um die Kurve bog, mit unbeweglicher Miene ihre Haustüre aufschloß und wenig später auf dem Balkon eine Zigarette rauchte. Sie löste in ihm eine Kettenreaktion erotischer Bilder aus, die alle mit seiner Verführung, seiner Einweihung in die Liebe endeten. Nun war er ein Mann, die langmähnige Nachbarin saß ihm in Gestalt dieser eleganten Frau gegenüber, deren Blicke ihm Hitze auf die Wangen und Feuer in die Mitte trieben. Es war mehr als Hitze, mehr als Feuer. Denn mit dem Feuer fühlte er ein neues Leben seinen Anlauf nehmen, ein Leben als Mann, der seinen Platz in der Welt finden, der sich Achtung und Gehör verschaffen würde. Er hatte niemals daran gedacht, daß er eines Tages tatsächlich ein eigener Mensch mit eigenen Wünschen, Plänen, Zielen sein würde. Das Dämmerlicht des Fernsehers hatte jede seiner Lebenszonen in Trübnis getaucht.

Von Vater und Mutter kannte er nichts anderes als unbewußtes Funktionieren. Sie gingen zur Arbeit, weil man eben zur Arbeit ging. Ebenso aßen sie, weil man eben essen mußte. Sie stellten ihre Augen, ihre Leiber, ihre Stunden dem Fernseher zur freien Verfügung, weil dies eben Programm war in dem Bundeswohnungsblock, in dem ausschließlich Lehrer und Polizisten und deren Familien wohnten.

Sie strich ihr Haar nach hinten. Du warst nie in Paris, habe ich recht, fragte sie mit schwerer Zunge. Ich war in deinem Alter als Au Pair dort. Es war zum erstenmal überhaupt, daß ich weg war von zu Hause. Ich habe Angst vor dieser Stadt gehabt, die soviel größer war als alles, was ich kannte. Ich habe mich winzigklein gefühlt. Der Wind auf der Straße hat durch mich hindurchgeweht. Aber ich habe mir nichts anmerken lassen. Ich wollte nicht nach zwei Wochen flennend heimfahren. Ich bin geblieben, und die Stadt ist alles für mich geworden, einfach alles. Erst in Paris habe ich gespürt, wer ich eigentlich bin. Ich habe gespürt, daß ich hungrig bin nach Leben, nach Schönheit. Kennst du das, wenn sich alles plötzlich irgendwie richtig, einfach richtig anfühlt? Das war Paris für mich.

Sie schenkte Wein nach, wobei sie die Hälfte verschüttete. Komm trink, forderte sie ihn auf. Sie stießen an. Ihre Augen glänzten. Mit einem Ruck stand sie auf. Ihr erster Schritt galt einer unsichtbaren Stufe, über die sie stolperte. Sie ging ins Nebenzimmer, legte eine neue CD ein. Sie stützte sich im Türrahmen ab, streckte die Hand nach ihm aus. Sie tanzte auf ihn zu, lockte, wich zurück. Sie warf den Kopf nach hinten, strich über ihre Schenkel, drehte sich erstaunlich schnell um ihre Achse. Für einen flüchtigen Augenblick hatte sie dieses andere Gesicht. Sie war wieder das junge Mädchen, das in der fremden Stadt in die Kissen weinte. Ein Zittern war um sie wie von einem übergroßen Schmerz. Ihre Oberlippe zuckte, da fühlte er einen Wärmestrom. Er wollte mit ihr tanzen, doch er konnte nicht. Er saß schwer und schaute. Sie tanzte jetzt so dicht vor ihm, daß er sah, wie ihr rechtes Auge langsam nach außen zu schielen begann. Er war bereit sie aufzufangen, sollte sie stürzen. Er sah sie in seinen Armen zittern. Sie würde weinen, er würde sie halten, einfach halten, bis der Schmerz in ihr zur Ruhe käme.

Sie näherte ihr Gesicht dem seinen, mit einer einzigen Bewegung saß sie auf seinem Schoß. Sie drückte ihre Lippen auf die seinen. Ihre Zunge spielte im Innenraum seines Mundes mit seiner Zunge. Verblüfft machte seine Zunge mit, und er merkte, daß es ihm gefiel. Helle Flocken rieselten vor seinen Augen herab, und als sie ihn auf den Boden zog, sah er im Halbdunkel seines inneren Bildes den elfenbeinernen Körper einer jungen Amazone, die ihn mit ihrem leuchtenden Blick lockte. Sie riß ihm seinen Gürtel mit der Hose von den Hüften, prüfte mit einem einzigen Griff die Rundung seines Geschlechts, das sie mit dem Mund aufnahm. Er ließ sie führen, aber daß sie ihn nun fast verspeiste, ob das so sein mußte? Er war froh, daß sie ihm keine Gelegenheit gab, sich ungeschickt anzustellen. Doch dann waren ihre Schenkel über ihm. Sie senkte ihr Geschlecht auf seinen Mund. Er hätte es gerne betrachtet, doch dazu blieb keine Zeit. Sie rieb ihre Schamlippen auf seinen Lippen, wie von selbst ließ er seine Zunge an ihnen spielen. Sie stöhnte leise, wie um ihm ein kleines Geschenk zu machen. Vielleicht gefiel ihr, was er tat. Jedenfalls fuhr er damit fort.

Am Horizont saßen zwei Schemen unbeweglich auf der Couch vor dem Fernseher. Er hob die Hand um sich von ihnen zu verabschieden. Vater und Mutter würden ohne ihn zurechtkommen müssen. Es war Sommer.

Renate Krämer *Viktoria*

Vom Institut bis zu meiner Wohnung sind es zwanzig Minuten mit dem Rad. Die Strecke fahre ich gern, weil sie zwischen Arbeit und Freizeit einen Abstand schafft.

Es war am einundzwanzigsten Oktober, einem Donnerstag, als ich auf dem Nachhauseweg von weitem etwas Großes, Helles unten auf der Straße sah. Zuerst wirkte es wie eine riesige Tüte oder ein Tuch, dann war ein Mensch zu erkennen, eine Frau, eine junge Frau, nicht torkelnd, nicht verwahrlost oder unter Drogen. Mein Herz bekam ein Tempo, von dem ich bisher nichts wusste.

Ich bremste scharf, beugte mich zu ihr und fragte, was man eben so fragt: ist Ihnen nicht gut, brauchen Sie Hilfe, soll ich einen Krankenwagen rufen, und sie antwortete deutlich und leise in ihre verschränkten Arme, auf denen der Kopf lag: es ist nur eine vorübergehende Schwäche.

Von dieser Minute an trafen wir schnelle Entscheidungen, kümmerten uns weder um Lappalien, Strompreise, Fahrpläne, Überstunden, noch um Amtliches mit seiner Sucht zu stempeln, nach Originalen und Duplikaten zu verlangen, Coupons fürs Warten zu verteilen.

Wir brauchten unsere ganze Zeit, um in einen heißen Schlaf zu rasen. Das Ja-Wort war gefallen, bevor es zu verstehen war. Ohne Umschweife fiel es.

Im ersten Winter hatten wir ein leichtes Haus am Stadtrand, alt, putzig, ein Versteck zwischen hohen Kiefern, mit niedrigen dunklen Räumen, Waschbecken aus Emaille, Kachelöfen, doch schön entlegen und schmuck im Sonnenlicht.

Sie nennt es eine Kate. Egal. Balken, Dielen, die Stiege sind fast blond, es gibt frisches Brot, Hände zum Vergewissern, bist du da, bist du bei mir, jetzt, vorhin, gleich, nachher, und unser Vorrat an Gelenkigkeit und Ausdauer füllt sich von selbst auf.

Ihr Kopf ist nicht durchsichtig, obwohl ich das wollte. Von jedem ihrer Gedanken – und sei er noch so verhuscht oder verquer – will ich einen Ausdruck zum Nachlesen und Abheften haben.

Unsere zusammengewürfelten Schränke, Kommoden, Tische und Stühle vertragen sich. Ihr Garderobenständer, meine Truhe, ihr blauer Kapuzenbademantel, mein Schlafsack, ihre Bücher, meine Register vergessen ihre Herkunft, verzichten auf Vorgeschichten, in denen sie geerbt, gekauft, eingetauscht oder geschenkt wurden.

Wattierte Jacken und Mäntel, Schuhe fürs Skifahren, Laufen und Tanzen sind so dicht beieinander wie wir, wenn ganz hoch oben der Zeppelin schwebt, weich und lautlos mit durchdachter Werbung, wir sollen was kaufen, wir kaufen ihn mit seinem großen Bauch, in dem wir uns zusammenrollen, ohne dass Rat oder Hilfe von draußen sich einmischen und stören.

Ein neues Bett wird geliefert, und wie zur Belohnung tobt ein Schneesturm. Weit weg das Gekrächz von Güterzügen, dem keiner zuhören oder antworten will.

Ihre Stimme, ruhig, flauschig, während sie sagt: lass uns mit Fragen und Ausrufungszeichen sparsam sein.

Bis jetzt hatte ich eine Unruhe, die stammelt, eine blitzhelle innere Beweglichkeit nicht gekannt. Bestandteile des Glücks. Wohin wir uns wenden, gibt es Brücken, Straßen, Abkürzungen mit unseren Initialen, groß, aus Metall, völlig verrückt, neu, nicht zu kopieren. Wach und überlegen sind wir, schläfrig zur Unzeit, aber dies mit Stil und Humor. Nur Schwachköpfe halten uns für ihresgleichen, wenn wir in einer geöffneten Tür stehen, sie einen Schritt vor mir geht, um Wege zu ebnen.

Dunkles finden, fiebrige Zeilen, Würfel mit der strahlenden Zahl, so viel Augen, und wir haben das ganze Gesicht voller Augen, bereit zu staunen, müde und struppig sind meine Wimpern, da hängen Reste vom Traum drin, den ich nicht erzähle frühmorgens, wenn sich der Frost gegen die Fenster drückt und die Kaffeemaschine gurgelt.

Rasch müsste ich sagen, dass ich etwas in Ordnung zu bringen habe in einer anderen Stadt, dreihundert Kilometer von hier, ein Katzensprung, dahin sollte ich fahren, um der Frau dort und dem Kind reinen Wein einzuschenken, klar Schiff zu machen, Anwaltskosten und Sorgerecht zu besprechen.

Wie lange dauern zwei, drei kurze Sätze? Auf keinen Fall will ich taktlos sein, etwas kaputtmachen, reibe mir die Augen, gieße Kaffee ein, lasse das Brot aus dem Toaster schießen, schiebe Butter und Marmelade zurecht.

Sie geht in Arbeitskleidung aus dem Haus, in einem weißen Overall. Schneller Schlüssel in der Tür. Ich winke dem Weiß nach, einer weißen Bewegung.

Erschöpft ist sie abends, verschwindet wie hinter einem Fächer, beansprucht vom Ocker, Karmin, Kobalt, von den Tinkturen, die sie benutzt, auf einem Gerüst stehend, dicht an der Kuppel, nah an feuchtfleckigen Fresken, die in den ursprünglichen Zustand versetzt werden sollen einem Zauber zuliebe, an den wir uns noch immer wenden, weil er uns braucht.

Die Augen hält sie geschlossen wie damals, als ich neben ihr auf dem Bordstein kniete, die Hand zwischen ihren Schulterblättern, sehr vorsichtig, sehr sanft, das vergesse ich nie, und voller Aufregung. Mein Herz hatte mich überholt, bevor ich begriff, was passiert war.

Merkwürdige Schwäche. Vorübergehend. Für Sekunden ist das Bewusstsein schachmatt, außer Kraft. So hatte sie es gesagt. Und jetzt hake ich die Fensterläden ein, stelle das Radio an und streichle ihren Kopf, das Streicheln beruhigt und tröstet auch mich.

Versprich, dass du zum Arzt gehst.

Versprich, dass du zur Wahrsagerin gehst, antwortet sie. Ich hole Milch aus dem Kühlschrank. Zwei Flaschen trinkt sie aus, erholt sich, geht duschen und kommt wie ausgewechselt zurück in unser Zimmer, das die Form einer Box hat.

Schön ist es, sagt sie, Sätze zu denken, auszusprechen und zu hören, von denen am Anfang nur zu ahnen ist, wie sie enden: zuerst fragil, dann kontrapunktisch die Beschwertheit, ein Schacht.

Das Holz für die Kachelöfen geht zur Neige, wir kaufen Streusand und für mein eiskaltes Fahrrad eine Pferdedecke. Nebenan bauen Kinder einen Schneemann. Seine Kohlenaugen sind auf uns gerichtet. Nein, nur auf mich. Wie lange dauern zwei, drei Sätze? Ich will keiner sein, der Entdeckungen zu fürchten hat, ein Blödian, der sträflich lange zögert. In meinen Entschluss, jetzt und sofort klare Verhältnisse zu schaffen, klingelt der Postbote, ein alter, freundlicher Mann, und bringt ein Geschenk, einen kleinen Hund, handtellergroß, mit mädchenrosa Näschen, und die Augen braun, marokkanisch.

Sie hatte die Milch weggetrunken und war besorgt, dass der Hund eingehen, sterben könne, bevor er erlebt hat, wie gut es bei uns ist. Ganz aus dem Häuschen sind wir, es wird ein toller Abend, eine lange, breite Nacht. Meine Pflicht ist evakuiert.

Spitz die Sonne im April, Stürme wild wie Diktatoren, die Kate hat ausgedient. Schwarzer Glückwunsch, nichts konnte ich verraten, setzte alles aufs Spiel. Im Zentrum finden wir eine Wohnung, spachteln, schleifen, tapezieren, schwitzen, kriegen Muskelkater, trinken Bier und Limonade, Milch, der Hund kugelt sich um unsere Knöchel, alles wird fester, wärmer, weniger provisorisch, den Nachbarn stellen wir uns vor, angenehm, zurückhaltend, zuvorkommend, sie ist ganz in ihrem Element, legt die Hände auf Mauern, Brüstungen, Geländer, Zwiesprache unter Eingeweihten eben, was sie anpackt, gelingt, sie kennt sich aus in Mischungen, Nuancierungen, Lacken und Firnissen, Drahtbürsten, Pinselstärken und Fettlösern.

Sie lacht. Ich stelle unser Bett auf. In der großen Wohnung wirkt es schmal. Namensschilder? Besser Messing als Weißblech, beide Namen vollständig ausgeschrieben, ihrer oben. Eine ordentliche Fußmatte fehlt noch.

Nachts stehen wir auf dem schaufelkleinen Balkon. Nachdenklichkeit macht sich breit. Die ist nicht ganz echt, hat was Lückenbüßerisches. Mit Champagner stoßen wir an, sind zur Stelle, falls der Zeppelin kommt und seinen Bauch herzeigt, wenn Boten Unterschriften brauchen. Das Rauschen der Fernzüge mit hohlem Echo, Signale der Autos mit der Notrufnummer und würdigen Begriffen: Malteser, Rotes Kreuz, Samariter, während wir auf frisch bezogenen Kissen liegen, neben uns Wecker, die den Schlaf vor die Tür setzen, Träume unterbrechen, in denen wir unsere Spielräume ausprobieren, Manöver, Finten, Heißhunger, weiße Fahnen.

Briefe schreiben wir uns auf die Brust. Einfache Sätze. Sie verstehen keinen Spaß mehr. Manchmal kommt sie sich selbst zu nah. Dann weint sie, wünscht mir gute Nacht und dreht sich weg. Ich male mir aus, zurück zu sein vom Katzensprung, befreit, erleichtert kann ich die Vergangenheitsform verwenden, das war früher, vor dir, vor uns, mein Aufatmen male ich mir aus, ihren Stolz sogar, weil ich sie geschont hatte. Kann nicht schlafen, blättere in Fachartikeln, bis es hell wird.

Unsere Schuhe zum Wandern, Tanzen und Laufen stehen in einer Reihe, morgens schießen Toastscheiben hoch. Butter, Brombeergelee, Honig, Joghurt, Cornflakes, die Tageszeitung - alles ist vorhanden, Wünsche für den Abend. Wen besuchen wir.

Morgens ihr weißer Overall. Schneller Schlüssel. Ich sehe ihr nach. Mit einer weiten Bewegung winkt sie zurück, so dass ich nicht weiß, ob sie mich meint oder die Fassade des Hauses. Der Hund rollt sich zusammen, hat Pause.

Am kommenden Wochenende wird sie in einer Kommission für Denkmalspflege zu tun haben, ein Privileg, das man nicht ausschlägt. Ich rede ihr eifrig zu.

Warum sollte sie jetzt noch von einem Stück erfahren, das aus dem Spielplan genommen war, dessen Kulissen, Requisite, Kostüme, Textbücher, Stichworte und Probenprotokolle in Archiven lagern, warum einen Blick auf die Besetzungslisten werfen, wenn die Darsteller verzogen, vielleicht sogar untergetaucht sind? Auf der Hinterbühne Fotografien von der Vater-Mutter-Kind-Pyramide hervorkramen, bevor deren Statik ermüdete und nachgab? Schnee von gestern.

Wenn sie in der Kommission Anerkennung findet, kann sie später mit anspruchsvolleren Aufgaben betraut werden, sage ich wieder und wieder.

Diese Zunge ist nicht gesund. Diese Zunge gehört mir. Ich fahre am selben Wochenende in die andere Stadt, schwitze, friere, die Tankanzeige springt hin und her, Bremsen plötzlich matschig, alles auf einmal, meine Gedanken fegen zwischen Ursache und Wirkung herum und finden keine Antwort. Woher auch. Mir ist zumute, als solle mein Wunsch nach einer endgültigen Trennung aufgehalten, gestört, beendet werden, sich in etwas Mutwilliges, Vorübergehendes verwandeln, das man duldet, sogar entschuldigt, wenn eine instabile Tagesform mürbe macht und dünner Schlaf sich rächt. Dazwischen das Denken an sie, einzige Frau in einer Gruppe von Männern, alle mit der Vergangenheit beschäftigt, von ihr besessen, von der Sehnsucht nach Rekonstruktion, und ich als Mensch unter der Fuchtel der Angst vorm eigenen Kind will Tränen nicht haben, nicht sehen, hinterlege die Verantwortung wie einen letzten Willen, obwohl ich heftiger denn je am Leben hänge.

Er hat wohl die Kurve nicht gekriegt, sagt eine männliche Stimme. Danach Grabesstille. Im Krankenhaus wache ich auf, verwandelt in einen Sack mit vier Gliedmaßen, bestückt mit Schläuchen, Pflastern und Kanülen, fehlt nur ein Geistlicher, die Fürsorge, ein Notar mit Professorentitel. Im Übermaß herrscht Leere, trostlose Leere.

Besuch. Zehenspitzen und Rücksicht. Leises Getuschel

über junge Ärzte im Praktikum, die Medikamente und den Wundschmerz. Als hätten ihre Augen einen Verband, so sah sie mich an und erzählte von der Kommission, deren Experten aus ganz Europa anregend und interessant waren, so dass sie spät nachts Lust auf einen Stadtbummel bekommen hatte, um die Häuser gezogen und morgens um vier in einer Bar gelandet war.

Schaufensterharmlosigkeit. Was kostet die? Habe ich überhaupt noch Geld?

Auf mein verändertes Gesicht war ich vorbereitet, doch dass es so verhunzt, so ramponiert sein würde - das war ein Schock. Schwarze Glückwünsche für eine solche Fratze, meine Visage.

Von der Fahrt in die andere Stadt zu berichten, von dem Jungen, dessen Ärmchen mich in die Zange nahmen und dessen Schluchzen mein Gehör bis zum Rand füllt, verstopft, diesen Mut brachte ich nicht mehr auf.

Er verkrümelte sich, zerfiel. Wer wischt den weg. Eine sich rot kräuselnde Narbe zieht sich von der Schläfe ans Kinn. Ich verfüge über ein besonderes Merkmal, an dem der kleine Hund ausgiebig und inbrünstig leckt, als würde er stark davon, zum Herrscher des Quartiers.

Mein Gesicht kann mehr als zwei Augen nicht mehr aushalten. Ihre sind dunkel wie Sonnenblumenkerne, wenn wir würfeln, lange, bis die gesuchte Zahl erscheint. Sie trägt den leichten, bauschigen Rock, eine Bluse aus Voile und die schimmernde Schärpe von damals, dem einundzwanzigsten Oktober.

Schmerzen bleiben das Vielfache, das nicht zu kürzen ist. Ich möchte zurückhaben, zurückholen, dass wir den Feuereifer von Gipfelstürmern hatten, beflügelt waren, ich möchte in die Kapelle gehen, um ihr bei der Arbeit zuzusehen, an der Intensität und Konzentration teilhaben, die sie anderem vermacht. Wenigstens das, was sie weggibt, will ich sehen.

Wie weggeblasen ist die abendliche Müdigkeit. Kreuzfidele Fragen nach allem Möglichem, allerdings schon Überholtem und was nur indirekt mit mir zu tun hat. Von der Institutsgeschichte will sie wissen, von Besoldungsvorschriften für Doktoranden und Kantinenköche. Gebührenordnungen überhaupt finden ihr Interesse. Darüber macht sie sich lustig, flachst rum und kichert. Mir gefällt das nicht, doch ich mache gute Miene zum bösen Spiel, selbst als sie mit Firlefanz nach Hause kommt, um meinem Schreibtisch Leben einzuhauchen. So formuliert sie es. Den Hund pflückt sie mir vom Arm, als sei dessen Zuneigung für mich eine Fehlinvestition, krault ihn mit Schönschriftfingern, bis er satt und zufrieden einschläft.

Dicht sitzen wir zusammen und sehen auf das Bild von uns, das unmittelbar nach unserem Kennenlernen entstanden war, damals, zur Zeit ohne Umschweife, ich ohne besonderes Kennzeichen und sie biegsam und ungeschützt auf dem Bordstein wartend, durch einfache Fragen die Kontrolle wiederzufinden. Schön ist unser Bild.

Sie ist am schönsten im Schlaf, wenn ich sicher sein kann, dass sie Aufmerksamkeit und Hingabe noch nicht einmal in die Arbeit steckt, von der ich ausgeschlossen bleibe, als könne mein Geruch, mein Atem, mein Blick die beschichteten, abblätternden Gesichter unserer Vorfahren beschädigen, auslöschen.

Weil ich die Wahrheit über meine Fahrt zu der Frau und dem Kind niemandem gesagt hatte, machten mich Mitleidsbezeugungen verlegen, und ich wiegelte die Bedeutung der Narbe ab. Tatsächlich beschäftigte sie mich in jeder freien Sekunde. Spiegel, Vergrößerungsgläser, Kameras mit Selbstauslöserfunktion kaufte ich, um kleinste Veränderungen festzuhalten. Es steht Spitz auf Knopf, ob sich die Haut regenerieren oder ein erneuter chirurgischer Eingriff nötig sein würde – ärztliches Urteil.

Davon wusste sie nichts. Schabte, kratzte, wischte, feilte,

retuschierte sie doch hoch oben auf dem Gerüst an leblosen Gesichtern herum, Molekülen aus vergangenen Epochen auf der Spur, immer intensiv, nach außen abgekapselt, innen glücklich, etwas Ursprüngliches freilegen zu können. Und ich war mit Pudern, Abtupfen und Abdecken der Narbe beschäftigt, um die Worte verschwinden zu lassen, die es gebraucht und verdient haben, ausgesprochen zu werden ohne Wenn und Aber. Vor Spiegeln saß ich, zwischen Schuld und den Fragen: brauchen Sie Hilfe, ist Ihnen nicht gut? Ich bin es, der antworten müsste. Bedenken überschlugen sich und rissen mich aus der Kurve.

Bei Feuchtigkeit und Wind muss ich auf das Rad verzichten, den Bus oder die U-Bahn nehmen. Die in diesem Jahrzehnt herrschende Gleichgültigkeit kommt mir gelegen, denn nur hin und wieder stoßen sich Drittklässler in die Rippen, flüstern hinter vorgehaltener Hand, wen sie sehen – einen Helden, eine Missgeburt, ein Monster? Auge um Auge. Zahn um Zahn. Angst gegen Angst.

Nochmals ziehen wir um. In der Etagenwohnung schließen alle Schlösser, der Hund, waschlederweich, vom Umfang her ein Päckchen, schlittert übers Parkett, macht Männchen vor der Speisekammer, selbstbewusst und akkurat, wir sehen an den sich verfärbenden Wipfeln der Linden, Kastanien und Robinien den Wechsel der Jahreszeiten und durch das Fernglas die elegante Architektur der Vorstadt.

Ich habe jede Menge nachzuarbeiten. Überstunden sind die Regel. Komme ich nach Hause, ist alles still, so still, als wohnte ich allein. Früher hat jeder von uns gewartet, um nichts zu verpassen.

Morgens mache ich das Frühstück. Ihr Kapuzenbademantel ist neu, dunkelbraun. Meine Stirn brennt. Dahinter lauert ein Traum, den ich nicht erzähle.

Man hatte mich in eine Krypta geführt, weil dort die Transplantation stattfinden soll. Der schmale Operationstisch wird von Spots angestrahlt, zwei Chirurgen und eine Schwester stehen aufrecht da, mit Hauben, Mundschutz und Handschuhen. Pinzetten, Scheren und Nadeln blitzen. Bekleidet lege ich mich auf den Tisch. Wollen Sie eine Narkose, fragt einer der Ärzte. Nein, danke. Allmählich gewöhnen sich meine Augen an das Licht, und die unbeleuchteten Bogen des Gewölbes werden erkennbar. Direkt mir gegenüber, ungefähr drei Meter entfernt, sitzt sie auf der obersten Stufe einer kleinen Tribüne, trägt über ihrem Overall einen hellgrünen Kittel, hat die Haare offen und riesige Ohrringe an. Breitbeinig sitzt sie da, selbstsicher. Offensichtlich führt sie die Regie. Unter ihr liegen unsere Schuhe, ungeordnet, schmutzig, mit zerfledderten Senkeln, und in den Profilen der Wanderschuhe stecken Klumpen aus Lehm und Dreck, graue Halme. Am übelsten sehen die Mokassins aus. Von denen kommt auch der Gestank nach verbranntem Kunststoff. Der größere Arzt schneidet durch den Stoff meiner Hose ein Stück Fleisch aus meinem Oberschenkel, unglaublich behutsam und präzise, so dass ich mich schon gerettet und geheilt glaube. Stopp, sagt sie, stopp, jetzt die Notbremse. Und ich fange ihren Blick auf, einen süffisanten und verschwörerischen Blick. Dann zieht sie den Kittel aus, bindet die Haare im Nacken zusammen und geht.

Dies behalte ich für mich. Postboten bekommen wir nicht zu Gesicht. Zeppeline brauchen andere Höhen und meiden dieses Viertel, in dem wir an Wochenenden Arm in Arm umherschlendern. Ich trage Jacken und Mäntel mit hohen Kragen, ständig einen Schal. Sie ist guter Dinge, übermütig, zieht mich an die Schaufenster, in jede neu eröffnete Cafeteria, so dass ich mich zeigen muss. Öffentlich. Ein Exponat.

Notizen morgens auf dem Tisch. Was zu erledigen ist. Es gibt kaum noch Lappalien. Man teilt den Alltag. Behörden, Hausmeister, Verwalter kennen keine Nachsicht. Leichter Ekel, eine Verdrossenheit von montags bis freitags. Das Vollkommene erwies sich als zu schwach, auch diesmal, obwohl unsere erste Begegnung vollkommen gewesen war. Märchenhaft ihre Haltung auf der nackten Straße, wie sie dasaß, scheinbar ohne Willen, und ich aufmerksam, ritterlich. Der Mann aus einer Ballade.

Vierzehnter Mai. Es gießt aus Kübeln, als sollten wir alle betäubt werden. Schirme, Gummistiefel, Sprünge über Pfützen. Ich muss meinen Chef bei einem Empfang vertreten und nehme die Straßenbahn als kürzeste Verbindung zum Konferenzhotel. Die sich begegnenden Wagen haben hin und wieder einen gemeinsamen Halt, so dass man in den Nachbarwaggon sehen kann. Das gefällt mir. Um ein Guckfenster zu haben, reibe ich die beschlagene Scheibe trocken.

Durch das Raster des Regens sehe ich sie das letzte Mal. In der Tram gegenüber sitzt sie mit geschlossenen Augen an die Schulter eines Mannes gelehnt oder geschmiegt. Das Bild wirkt wie eine Skizze oder eine Radierung. Sie hätte es sofort entscheiden können.

Vermutlich hat sich vorhin ihr Puls davongestohlen. Wie sich auch meine Courage davongestohlen hatte vor langer Zeit.

Inzwischen ist die Narbe auf dem Rückzug, blass und flach wie gemangelt. Dies Merkmal kann ins Archiv.

Ich ziehe um, soviel steht fest, werde den Institutspförtner bitten, den Hund zu versorgen, bei Wind und Wetter das Rad nehmen und niemals vergessen, wie sie den Kopf trug. Den spüre ich im Schlaf, neben mir entkleidete Laken, ihr Wecker aus Basalt, das Buch.

Jakob Hein *Die Geheimnisse der großen Verführer: heute*

Eine schöne Frau küsst man nicht mit seinem Mund, sondern mit seinem Geist.

Was nutzt es, selbst bei Kerzenlicht und selbst in einem durchaus romantischen Restaurant und aus irgendeinem Grunde ist heute Abend selbst das mit der Rechnung kein Problem, wir befinden u ns ja hier in einem Gedankenspiel, der täglichen Märchenstunde des Intellektuellen, was nutzt es also seine gespitzten Lippen auf das Antlitz eines Supermodels zu drücken, wenn die Gedanken des einen bei seinem kom-menden Steak sind und die der anderen dabei, wie sie ihr Steak wieder ausbrechen kann? Was macht Haupthaar, Zehen und das alles dazwischen überhaupt zu einer Schönheit, wenn nicht der Geist? Fast jede Frau hat Haare und Zehen, aber ausgerechnet diese Haare und diese Zehen und dieses alles dazwischen müssen es eben heute Abend sein. Und es kommt mir an diesem Abend objektiv vor, dass es wissenschaftlich zu beweisen sein müsste, dass diese Frau tatsächlich die Schönste im ganzen Land ist, also die Dorfschönheit, wenn wir vom global village reden. Doch glücklicherweise ist das nicht so, gibt es Hunderte von verschiedenen Töpfen und den dazu passenden Deckeln, die so herumlaufen.

Diese makellose Schönheit einer Frau im Geist kann nur durch anderslautende Erfahrungen des Körpers geschmälert werden. Schlechter Körpergeruch, ein lascher, feuchter Händedruck, ihr scheinbar perfekt seidiges Haar plötzlich in meiner Zwiebelsuppe: das sind die kleinen Helfer, die schließlich auch dem Geist die Pforte zur Erkenntnis öffnen: Sieht sie in einem bestimmten Licht nicht ein klein wenig so aus wie meine Sparkassenangestellte? Ist ihre Wohnung nicht ein riesengroßer Tempel des schlechten Geschmacks? Ich meine, was ist mit diesen pseudovenezianischen Gipsmasken an der Wand und dem dunkel gebeizten Setzkasten? Und redet sie nicht eigentlich den ganzen Tag nur Mist?

Für Männer ist der Expressweg zu diesen Erkenntnissen einmaliger Sex mit der nun plötzlich ehemals Angebeteten. Das ist von der Natur so eingerichtet, damit der Genpool immer schön gefüllt ist und nicht langsam auf eine kleine, trübe Inzestbrühe zusammendunstet. Moralisch gesehen ist das vielleicht nicht in Ordnung, aber die Moral kam lange nach der Evolution und ist bis heute weitaus weniger erfolgreich. In einer Studie wurde übrigens die entblößte Körperoberfläche von Frauen in einer Disko zu ihrem Fruchtbarkeitsstatus und ihrem Familienstand gesetzt. Es stellte sich heraus, dass Frauen mit einem festen Partner und kurz vor dem Eisprung am wenigsten anhatten. Das heißt, wenn die Nestpflege gesichert ist, tun auch die Frauen das ihre für einen abwechslungsreichen Genpool.

So weit diese Ausführungen zum Thema: Wahre Liebe findet im Geist statt. Schon als sehr junger Mann, so jung, dass an das Wort »Mann« noch gar nicht zu denken war, lebte ich dieses Prinzip. So schmeichelhaft es auch wäre, so kann ich doch leider nicht behaupten, dass dabei eine tiefe Erkenntnis über diese Tatsachen eine Rolle spielte.

In der 6. Klasse liebte ich Nora Zielinski, die Udo Burgstetter aus der 7. Klasse liebte, der wiederum vor allem Udo Burgstetter selbst liebte. Nora hatte lange, wehende schwarze Haare, große, sensible Augen, eine sanfte Stimme und sie hörte a-ha, was von den damaligen Möglichkeiten für Sechstklässlerinnen das ausgeflipptest Denkbare war und sie hatte auch noch gute Zensuren, was aber im Grunde genommen vollkommen uninteressant war. Ich versuchte, Noras

Liebe zu gewinnen, indem ich ihr immer ein verständnisvolles Ohr lieh, damit sie mir von ihrer Liebe zu Udo Burgstetter erzählte. Mein Konzept war, dass Nora irgendwann einsehen würde, dass mein Einfühlungsvermögen und meine Sensibilität viel liebenswerter waren als Udos überhebliches Draufgängertum. Zusätzlich beschenkte ich Nora noch mit irgendwelchen Postern und Aufklebern von a-ha, damit ihr in irgendeiner schlaflosen Nacht ein Licht aufgehen könnte, wer ihr Innerstes eigentlich wirklich verstand. Mit Sicherheit bewegte ich mich mit meinem Konzept in die richtige Richtung, aber eben zu langsam. Eines Tages schenkte Udo ihr eine überspielte Kassette von Frankie goes to Hollywood und hatte damit die letzten Bastionen ihres wenig wehrhaften Herzens überrannt. Am selben Abend noch schob Nora mit Udo auf der Schülerdisko ab, was bei uns damals bloß wildes Zungenküssen hieß.

Dieses passive Konzept war gescheitert, so dass ich die nächste Herrscherin meines Herzens mit aktiveren Mitteln zu erobern versuchte. Rahel war Mitglied der Clique an der Tischtennisplatte. Diese stand in den Betonfluchten von Friedrichsfelde-Ost und dient wahrscheinlich bis heute als Treffpunkt der vorpubertären Jugend, aber niemals zum Tischtennisspielen. In die Klubs kamen wir noch nicht herein, für die Kinderdisko von 16 bis 20 Uhr waren wir uns schon zu schade, von den wenigen Zigaretten auf Pustebacke bekamen wir noch Durchfall, außer höchstens Rico, der ständig eine Zigarette im Mund hatte, und eine Flasche Alkohol war ein seltenes Nugget in einer öden Goldmine, in der wir Tag und Nacht schufteten.

So schlurfte die Jugend von Friedrichsfelde-Ost in den Fahrstuhl, fuhr ins Erdgeschoss ihrer Hochhäuser und schlurfte weiter zur Tischtennisplatte. Dort ließ man mit einem Kassettenrekorder die ganze Power von 2 x 3 Watt über der Betonwüste dröhnen. Problematisch war für mich nur, dass ich fast eine Stunde fahren musste, um mich dann gekonnt mit den anderen zu langweilen. Mein Klassenkamerad Marko hatte mich einmal dahin mitgenommen, ich hatte noch nie so etwas Cooles gesehen, geschweige denn die Chance, bei irgendeiner anderen Clique aufgenommen zu werden. Ich konnte mir ja schlecht eine Tischtennisplatte in meiner Gegend aussuchen, mich dort hinzustellen und »Ha-loo« sagen. Um die Verbindungen zu schaffen, hetzte ich oft in Ostkreuz oder Thälmannpark die S-Bahn-Treppen rauf oder runter, ging dann kurz vor dem Zielgebiet in ein äußeres und inneres Schlurfen über, sagte zu allen gelangweilt »Ha-loo«, hörte, oft ohne jedes Gespräch, gelangweilt depressive Musik, sagte irgendwann: »Ich geh' dann jetzt wieder, egal«, und begann außer Sichtweite dann oft nach Hause zu rennen, weil ich meistens zu spät dran war.

Das Beste an unserer Clique war unsere Unkonventionalität. Wir brachen mit althergebrachten Normen des Zusammenseins und daher küssten sich alle zur Begrüßung auf den Mund, nur Jungs küssten sich gegenseitig auf die Wange. Und vor allem deshalb hetzte ich mich immer so ab, denn dann konnte ich Rahel zur Begrüßung auf den Mund küssen, einfach so, ganz locker.

Wenn Rahel dabei war, drehte ich mächtig auf, erzählte Witze und mehr oder weniger wahre Geschichten aus meinem Schulalltag, in denen ich meist als gewitztes Bürschchen wegkam oder brachte irgendwelche neuen überspielten Kassetten mit. Ich gab mir auch Mühe, in ihrer Nähe zu stehen. Es war wie klassischer Minnegesang, schöne Worte, die das Herz der Liebsten aufschließen sollen. Ich bildete mir ein, dass Rahel unter ihrer weißgeschminkten Trauermine in ihrem schönen Inneren jauchzte und jubilierte ob meiner gekonnten Elogen an ihre Schönheit. Und eines Tages reagierte sie endlich auch und richtete das Wort an mich. Sie schaute mir mit ihren dunkelbraunen Augen direkt in die Seele, öffnete ihre vollen, tiefroten Lippen und sagte: »Kannst Du nicht einfach mal die Klappe halten?« Ich tat, wie mir geheißen, war aber natürlich tief verletzt. Noch ein paar Tage später nahm Rahel Rico die Zigarette aus dem Mund und steckte ihre Zunge an die freigewordene Stelle. Damit war die Sache für mich eigentlich erledigt. Aus Gewohnheit fuhr ich noch eine Weile weiter zu der Tischtennisplatte in Friedrichsfelde-Ost, die jetzt zu einer Tischtennisplatte des vollkommenen Schweigens geworden war. Eines Tages froren wir dort in der frühen Kälte des Märzes. Nach ein paar Stunden kam Steffen, auch ein Mitglied unserer Clique. »Und?« fragte er. »Was losgewesen?« Marco, der irgendwie das inoffizielle Oberhaupt der Clique war, sagte: »Ja, war eigentlich ganz gut gewesen. Wir haben Musik gehört, geraucht, bisschen Scheiße gebaut. Cool eben.« Erst da wurde mir klar, dass nichts bevorstand, dass wir uns auf nichts vorbereiteten, was wir eigentlich machen wollten, dass wir hier einfach nur sinnlos herumstanden. Es war der letzte Nachmittag, an dem ich kostbare Zeit meiner Jugend gedankenlos über diese Tischtennisplatte hüpfen ließ.

Meine nächste Liebe war die objektiv Schönste aus der ganzen Schule. Sie sah mindestens fünf Jahre älter aus, zog sich richtiggehend weltgewandt an, schminkte sich wie eine Berühmtheit und rauchte mit Zigarettenspitze. Sie hieß Katja. Ich hielt mich in ihrer Nähe auf und war stets zu ihrer Verfügung, jedoch machte ich nicht mehr den Fehler, ihren Seelentröster zu spielen. Nein, Katja heulte sich nicht bei mir aus, ich war für sie mehr ein guter Kumpel, von dem man sich mal ein paar Mark borgen konnte, der einem die Hausaufgaben vorbeibrachte, am besten schon mit Lösung, der einem das Fahrrad reparierte oder mal ein paar Dutzend Kassetten überspielte. Ich spekulierte darauf, dass Katja gerade auf Grund ihrer Schönheit sehr einsam sei, weil niemand sich trauen würde, sie anzusprechen, weil derjenige befürchten würde, ohnehin nicht an sie heranzukommen, weil Katja viel zu schön war. Mein Plan war, dass auf Grund ihrer Einsamkeit ihre Begierde irgendwann einmal unersättlich sein würde und sie ihrem guten Kumpel die Hausaufgaben aus der Hand wischen und ihn in schierem Verlangen in ihr Krankenbett ziehen würde. Leider war die Reihenfolge der Jungs, die sich nicht durch diese komplizierten Überlegungen hindern ließen, praktisch lückenlos und mir fiel endlich auf, dass man einen guten Kumpel wie mich früher Hausknecht genannt hätte. Ich erinnere mich, dass Katja ernsthaft empört darüber war, als ich eines Tages meine Dienste quittierte.

Im Umgang mit realen Frauen war ich letztendlich gescheitert. Daher begann ich, virtuelle Beziehungen einzugehen, deren Verlauf voll und ganz meinen Vorstellungen entsprach, was kein Wunder war, da deren Verlauf ausschließlich aus meinen Vorstellungen bestand. In der Klasse begann ich von den verschiedensten Frauen zu erzählen, die zu meiner eigenen Überraschung plötzlich alle drei möglichen Stellungen des Geschlechtsverkehrs mit mir verüben wollten. Wenn ich einmal zu lange ferngesehen hatte, erklärte ich meine Müdigkeit mit einer unersättlichen Amazone. Wenn ich einen Tag mit Durchfall im Bett lag, stand nur auf dem Entschuldigungszettel für die Lehrerin die Wahrheit, vor meinen Freunden hatte ich beinahe mit der Glut der Leidenschaft die Wohnung einer wunderschönen Frau in Flammen gesteckt. Ich kannte tatsächlich viele Leute und war damals oft auf Parties, wo ich manchmal auch auf dem Sofa einschlief und am nächsten Morgen mit einer anderen Straßenbahn zur Schule fahren musste. Es waren Momente des besonderen Triumphs, wenn ich dann einen Klassenkameraden traf, denn so enstand für meine im Grunde kaum glaublichen Geschichten die Möglichkeit eines wahren Kerns.

Schwierig wurde dieses eingebildete Leben aus mehreren Gründen. Einerseits musste ich mächtig aufpassen, wem ich was erzählte. Denn es konnte sein, dass meine angebliche

Freundin irgendjemand aus meiner Klasse kannte. Außerdem verliebte ich mich in jede und keine Frau, die ich traf. Einerseits war ich von sehr vielen Frauen begeistert, weil ich sofort wunderschöne Phantasien über eine Beziehung zu ihr erspann, andererseits konnte keine reale Frau nur ansatzweise diesen Phantasien standhalten, so dass ich mich nur noch in meine Bilder von Frauen verliebte, aber keine echte Frau mehr gut fand. Und dadurch fühlte ich mich dann manchmal recht einsam und verzweifelt, ohne dass ich mit jemandem darüber reden konnte, weil ich ja in der Regel erzählte, permanent in haremsartigem Beziehungsstress zu leben.

Ich beschloss, es einfach aufzugeben. Schluss mit den Frauen, es würde ja ohnehin nichts werden. Und das war dann, als ich die Frau meines Lebens fand.

Autoren und Quellen

Doris Dörrie, 1955 in Hannover geboren. Sie absolvierte ein Schauspiel- und Filmstudium in Kalifornien, New York und an der Hochschule für Fernsehen und Film in München und lebt als Filmregisseurin und Autorin in München. »Oben rechts die Sonne« stammt aus dem Erzählband »Bin ich schön?«
© Diogenes Verlag AG Zürich 1994.

Julia Franck, 1970 in Berlin (Ost) geboren, 1978 reiste die Familie aus. Julia Franck lebt als freie Schriftstellerin in Berlin und Rom. Zuletzt erschien der Roman »Lagerfeuer« im DuMont Verlag. »Maries Schuhe« entstand für den Ausstellungskatalog für den Fotografen Thomas Demand, Kunsthaus Bregenz, Verlag Schirmer Mosel.
© Julia Franck

Katharina Hacker, 1967 in Frankfurt am Main geboren. Sie studierte Philosophie, Judaistik und Geschichte in Freiburg und Jerusalem, lebt als freie Schriftstellerin in Berlin. Zuletzt erschien der Roman »Eine Art Liebe« im Suhrkamp Verlag.
»Tanten« ist ein Originalbeitrag.
© Katharina Hacker

Jakob Hein, 1971 in Leipzig geboren. Arbeitet als Arzt und Schriftsteller. Lebt mit seiner Familie in Berlin. Zuletzt erschien von ihm im Piper Verlag »Vielleicht ist es sogar schön«
»Die Geheimnisse der großen Verführer: heute« ist ein Originalbeitrag.
© Jakob Hein

Judith Hermann, 1970 in Berlin geboren, lebt als freie Schriftstellerin in Berlin. »Camera obscura« stammt aus ihrem ersten Buch »Sommerhaus, später«,
© Fischer Verlag GmbH, Frankfurt am Main 1998 (2003), S. 157-165.

Wolfgang Hermann, 1961 in Bregenz geboren. Er studierte Philosophie in Wien, lebte anschließend lange im Ausland, unter anderem als Universitätslektor in Tokyo. Lebt als freier Schriftsteller in Bregenz.
»Sommer« ist ein Originalbeitrag.

Cecily von Hundt, 1974 in Düsseldorf geboren, studierte Bibliothekswesen in Potsdam und lebt als Schriftstellerin und Inhaberin der Buchhandlung »Hundt Hammer Stein« in Berlin.
»Liebesgeschichte, 4. Stock« ist ein Originalbeitrag.

Renate Krämer, 1938 in Halberstadt geboren, lebt als Autorin und Gruppendynamikerin in München. Zuletzt erschien »Bleibende Erinnerungen« im Dielmann Verlag.
»Viktoria« ist ein Originalbeitrag.

Yorck Kronenberg, 1973 in Reutlingen geboren, studierte Klavier und Komposition in Lübeck. CD- und Buchpublikationen. Lebt als Schriftsteller und Pianist in Berlin. Sein Debütroman »Welt unter« erschien 2002 in der Edition Nautilus.
»Gegenlicht« ist ein Originalbeitrag.

Thomas Lang, 1967 in Nürnbrecht geboren, studierte Literaturwissenschaft in Frankfurt am Main und lebt seit 1997 als freier Schriftsteller in München. Sein Debütroman »Than« erschien 2002 im Verlag Klaus Wagenbach und wurde unter anderem mit dem Marburger Literaturpreis ausgezeichnet.
»Sex-Monster« ist ein Originalbeitrag.

Katja Oskamp, 1970 in Leipzig geboren, studierte Theaterwissenschaft und war Dramaturgin am Volkstheater Rostock.
Sie lebt als freie Schriftstellerin in Berlin.
»Fleischräuber« erschien in der Sammlung »Beste deutsche Erzähler 2004«, Hg. Hubert Winkels, DVA 2004, S. 70–78.

Carsten Probst, 1966 in Hamburg geboren, studierte Slawistik, Kunstgeschichte, Philosophie und Germanistik in Tübingen, München und Hamburg. Er schreibt auch Essays und Kritiken zu Kunst und Architektur und lebt in Berlin. Für seinen ersten Prosatext »Träumer«, der 2001 im Verlag Klaus Wagenbach erschien, erhielt er den Anna-Seghers-Preis.
»Die Ferne« ist ein Originalbeitrag.

Ingo Schulze, 1962 in Dresden geboren, studierte klassische Philologie in Jena, arbeitete als Dramaturg im Landestheater in Altenburg und lebt heute als freier Schriftsteller in Berlin. Für seine Bücher, darunter »33 Augenblicke des Glücks« und »Simple Storys«, erhielt er zahlreiche Preise.
»Berlin Bolero« erschien in der Zeitschrift »Spiegel-Reporter« 12/99.

Uwe Timm, 1940 in Hamburg geboren. Er studierte Philosophie und Germanistik in München und Paris und lebt seit 1971 als freier Schriftsteller in München. Für sein Werk, darunter »Die Entdeckung der Curry-Wurst« und den Roman »Rot«, erhielt er zahlreiche Preise und Auszeichnungen. »Das Abendessen« stammt aus dem Erzählband »Nicht morgen, nicht gestern«,

Wir danken den Autoren und allen Rechteinhabern für die freundliche Abdruckgenehmigung. Die Rechtschreibung folgt jeweils den Wünschen der Autoren.

Zum Glück gibt's Österreich!

Junge österreichische Literatur

Wien, Wien, nur du allein. Zwischen Berg und Tal. Junge österreichische Autorinnen und Autoren betrachten ihre eigenen Mythen - frech und todernst.

»Realismus, aber schön abgründig; handfest fleischlich, aber formal so ehrgeizig, daß keiner »Popliteratur!« rufen kann.« Daniela Strigl, Falter

Herausgegeben von Gustav Ernst und Karin Fleischanderl
WAT 456. Originalausgabe. 144 Seiten

Swiss Made

Junge Literatur aus der deutschsprachigen Schweiz

Eine repräsentative Anthologie mit Originaltexten junger Autorinnen und Autoren aus der deutschsprachigen Schweiz.

»Alle Variationen lustvollen Erzählens sind hier vertreten.«

Roman Bucheli, Neue Zürcher Zeitung

Herausgegeben von Reto Sorg und Andreas Pascheda
WAT 419. Originalausgabe. 192 Seiten

Tour de France

Junge französische Literatur

Zu Besuch bei der gegenwärtigen französischen Literatur: Witzig und düster, existentialistisch und surreal, selbstverliebt und formorientiert, zärtlich und abstrakt. Eine repräsentative Anthologie deutscher Erstübersetzungen.

Herausgegeben von Annette Wassermann
WAT 508. Originalausgabe. 192 Seiten

Italia fantastica!

Junge italienische Literatur

Ein Blick nach vielen Seiten - in die Werkstatt und in die Phantasien der jungen italienischen Literatur: in ihre Wachträume und virtuellen Flüge.

Herausgegeben von Gabriella D'Ina
WAT 280. Originalausgabe. 160 Seiten

Michael Wex

Die Abenteuer des Micah Mushmelon, kindlicher Talmudist

Schnell und absurd, komisch und eigensinnig erzählt Wex vom Leben zwischen Tradition und Gegenwart, Thora und Comic-Heftchen, Synagoge und Knutschakademie bei den schönsten Mädchen der Welt.

Deutsch von Heiko Lehmann
WAT505. Originalausgabe. 96 Seiten

Cédric Prévost

Liebesschwindel

Subtil und spielerisch erzählt Cédric Prévost eine schwindelerregende Liebesgeschichte. Es geht um Betrug und Selbstbetrug, um die Macht der Illusion und das ganz allgemeine tägliche Theater.

Aus dem Französischen von Lis Künzli
WAT 510. Deutsche Erstausgabe. 144 Seiten

Franco Stelzer

Das erste, merkwürdige, feierliche Weihnachten ohne sie

Eine neue literarische Stimme aus Italien, frech und phantasievoll. Drei Geschwister, der Vater, eine hübsche Tante und ein verrückter Onkel bilden eine unschlagbare Familiengang.

Aus dem Italienischen von Marianne Schneider
WAT 502. Deutsche Erstausgabe. 128 Seiten

Martin Page

Antoine oder die Idiotie

Froh zu sein bedarf es wenig, sofern man es schafft, vor den Übeln der Welt die Augen zu verschließen. So denkt zumindest Antoine und nimmt sich vor, aktiv den Verstand zu verlieren.

Ein »Kultroman«, dessen Leichtfüßigkeit und geistreicher Witz sehr angenehm aus der französischen Literaturlandschaft hervorstechen.

Aus dem Französischen von Moshe Kahn
WAT 516. 144 Seiten

Junge Literatur bei Wagenbach

Carsten Probst
Träumer

Andreas erzählt eine Geschichte: Sein Freund Bernhard ist verrückt geworden, und er will wissen, warum. Denn beide haben ähnlich begonnen, in einer Stadt, in einer Schule. Wie real können Träume sein?
Das beeindruckende Debüt eines jungen deutschen Autors.

Quart*buch*. Gebunden. 152 Seiten

Thomas Lang
Than

Auf einer Insel, zwischen Wasser und Eis, werden Menschen zu Spukgestalten, während bedrohliche Dinge geschehen, von dem stummen Than wie von einer Kamera registriert. Hier konstruiert ein junger Autor in einer sehr sicheren Sprache eine rätselhafte Wirklichkeit.

Quart*buch*. Gebunden. 192 Seiten

Josan Hatero
Der Vogel unter der Zunge

Stell dir vor, es ist Krieg, und du mußt hin. Für eine Gruppe junger Menschen wird dies plötzlich Realität. Wie gehen sie damit um?
Ein Buch über Freundschaft, Träume und Überzeugungen – vor dem Hintergrund globaler Konikte, in denen die friedliche Heimat plötzlich in einem fernen Kriegsgebiet verteidigt werden soll.

Aus dem Spanischen von Susanna Mende
Quart*buch*. Gebunden. 120 Seiten

Wenn Sie mehr über den Verlag und seine Bücher wissen möchten, schreiben Sie uns eine Postkarte (mit Anschrift und ggf. e-mail). Wir verschicken immer im Herbst die *Zwiebel*, unseren Westentaschenalmanach mit Lesetexten aus unseren Büchern und Photos. *Kostenlos!*

Verlag Klaus Wagenbach Emser Straße 40/41 10719 Berlin
www.wagenbach.de